Bibliografische Information Der Deutschen Bibliothek

Die Deutsche Bibliothek verzeichnet diese Publikation in
der Deutschen Nationalbibliografie; detaillierte bibliografische
Daten sind im Internet über http://dnb.ddb.de abrufbar.

4 3 2 08 07 06 05

Umschlaggestaltung, Layout, Illustration und Satz:
elektrolyten, Petra Schmidt, München
Zeichnungen der Figuren: Birgit Schössow
Konzeption und Redaktion: Antonia Meisner
Produktion: Daria Wolczynska, Katja Walter

ISBN 3-7607-4002-2
www.arsedition.de

Friederike Wilhelmi & Charlotte Habersack

Verliebt - oder was?

arsEdition

Wie funktioniert dieses Buch?

Dieses Buch musst du nicht von vorn nach hinten durchlesen, sondern kannst nach Lust und Laune darin blättern wie in einer Zeitschrift. Die Zeichen auf der rechten Seite helfen dir, dich zurechtzufinden. Brauchst du ein paar Flirt-Vokabeln für den Italienurlaub oder möchtest du einige Facts über Jungs erfahren? Dann schau bei den **Infos** nach. Wenn du wissen willst, ob dein Schwarm in dich verknallt ist, mach einfach einen **Test**, und du wirst es erfahren! Außerdem findest du tolle **Tipps** rund ums erste Date und alles, was man über **Tops und Flops** in der Liebe wissen muss.

Vielleicht bist du aber auch einfach nur neugierig, wie es anderen Leuten mit der ersten Liebe geht? Dann lies die Geschichten über Ina, Raphael, Lea und ihre Liebes-Verwirrungen!

Und jetzt wünschen wir dir **viel Spaß!**

Tests - so findest du es heraus!

Ist es Freundschaft oder Liebe?

Tipps und Tricks rund um die Liebe

Kein Glück in der Liebe? So eroberst du sein Herz!

Top oder Flop?

Worauf man unbedingt achten sollte.

Infos - Wissenswertes zum Thema Nummer 1

Wichtige Fakten und nützliche Ratschläge.

Wer mit wem ...

übersetzt Liebensbriefe für
ermutigt
MIRIAM
liebt
ist gleichgültig gegenüber
RAPHAEL
würde gerne sein wie
hat Hausverbot bei
DANI
schmeißt sich ran an
fährt ab auf

INA
verliebt sich in
macht sich nichts aus
fährt in Urlaub mit
braucht Hilfe von
LEA
hält nichts von
bemüht sich um
TOMMI

Name: INA

Alter: 13

Sternzeichen: Widder

Hobbys: mit Freundinnen zusammen sein, schwimmen

Was ich super finde: Urlaub mit Lea, Eis mit heißen Himbeeren

Das ist für mich Horror: Fisch mit Gräten

Meine beste Eigenschaft: lachen, quatschen

Lieblingsbeschäftigung: mit Lea zusammen sein, fernsehen

Das mag ich an Jungen: Mädchen sind mir lieber (ausgenommen Fabio)

Was ich nicht an Jungen mag: die meisten sind Angeber, die kloppen sich immer

Das möchte ich später machen: Lehrerin

Ina und ihre italienische Liebe

Oh Gott, ich halte das nicht aus! In dreizehn Minuten fährt dieser verdammte Zug und Fabio ist immer noch nicht da! Am Ende hatten Leas Eltern doch Recht. Sie haben nämlich gesagt, dass italienische Jungs blonde Mädchen sammeln wie andere Diddl-Blätter. Die Bemerkung fand ich wirklich völlig daneben! Erstens sammelt kein Mensch mehr Diddl-Bätter und zweitens liebt Fabio mich. Das weiß ich! Genauso wie ich ihn liebe. Ich sterbe, wenn ich jetzt gleich fahren muss, ohne ihn noch mal gesehen zu haben.
Fabio … bitte!
Er ist wirklich der süßeste Junge auf der ganzen Welt! Kaum zu glauben, dass ich ihn nicht kennen gelernt hätte, wenn Leas Eltern mich nicht mit nach Italien genommen hätten!

Es war der beste Urlaub meines Lebens! Lea und ich fanden es natürlich von Anfang an riesig, dass ich mitdurfte. Die Vorstellung, Tag und Nacht mit meiner besten Freundin zusammen zu sein, ohne Schule, ohne Hausaufgaben und all den lästigen Kram, war einfach genial! Und so war es dann auch. Auf der Hinfahrt haben wir unser Lieblingsspiel gespielt. Wir nennen es: »Küssen müssen.« Da schreiben wir alle Jungs, die wir kennen, auf kleine Zettel, auch die, die wir nicht mögen. Die Zettel werden umgedreht und gemischt. Dann wird gewürfelt und bei jeder Runde scheidet einer aus. Den, der übrig bleibt, müssen wir dann küssen. Nur in der Vorstellung natürlich. Aber das ist bei manchen Typen schon eklig genug. Und wenn ein Netter übrig bleibt, wird das Spiel erst richtig gut. Dann müssen wir beschreiben, wie wir ihn küssen. Mit allem Drum und Dran. Also auch wo die Hände sind und wie er riecht und ob er die Augen dabei schließt.

Küssen müssen ...

Als wir in der Hotelanlage ankamen, waren Lea und ich gleich total begeistert. Wir konnten von unserem Balkon aus die ganze Urlaubsanlage überblicken. Mit direktem Blick auf die Disco. Das war supercool und vor allem praktisch. Ich hasse es nämlich, wenn ich zu früh irgendwo hinkomme. Dann sieht es so aus, als würde ich auf jemanden warten. Lieber komme ich ein bisschen zu spät, wenn schon alle da sind. Das sieht irgendwie besser aus. Lea ist da ganz meiner Meinung. Darum haben wir abends immer von unserem Balkon geschaut, wer wann in die Disco geht. So hatten wir unseren Auftritt zur rechten Zeit. Das ist megawichtig!
»Na, Ina, ist er noch nicht gekommen?«
Ich zucke vor Schreck zusammen. Oh Mann, hat mich Leas Vater aus meinen Gedanken gerissen! Ich schüttle den Kopf.
»Komm doch mit rein, sonst fährt der Zug noch ohne dich ab«, sagt er freundlich. Ich schüttle wieder den Kopf und kneife die Lippen aufeinander. Jetzt bloß nicht weinen! Das wäre wirklich das Letzte!

»Na, dann warte noch ein paar Minuten.«
Zum Glück verschwindet Leas Vater wieder im Zug. Das ist grad noch mal gut gegangen. Ich atme tief durch und schlucke den Heulkloß runter. Das hätte mir jetzt noch gefehlt. Dicke Tränenstriche über den Wangen und rote Augen. Ich will schließlich gut aussehen, wenn Fabio kommt.

Noch zehn Minuten!
»Vielleicht ist sein Mofa kaputt!«, ruft Lea aus dem Abteilfenster.
»Oder er hat sich in der Zeit vertan!«
Ich zucke nur mit den Schultern und schaue wie gebannt auf den Sekundenzeiger der großen Bahnhofsuhr. Noch 9 Minuten und 45 Sekunden! Lea könnte natürlich Recht haben. Fabios Mofa ist wirklich eine Schrottkiste. Wie oft hat er in diesem Urlaub an dem Ding rumgefummelt, damit es wieder lief! Fabio wohnt im Nachbarort und sein Vater ist Koch in der Anlage, daher kam Fabio immer zum Essen. Praktisch eigentlich. Er kam mit seinem Mofa, aber er hätte wahrscheinlich mehr Zeit gespart, wenn er zu Fuß gekommen wäre, denn er hat unendlich viel Zeit mit Reparaturen vergeudet.
Ich weiß noch genau den Augenblick, als ich ihn zum ersten Mal gesehen habe. Es war magisch, es war wie ein Zauber, himmlisch geradezu …
An unserem zweiten Urlaubstag hatten Lea und ich die Rumhängerei satt und haben so am späten Nachmittag beschlossen, bei dem allabendlichen Volleyballturnier mitzumachen. Lea und ich sind zu Hause in einer Volleyballmannschaft und daher kam uns das eigentlich doof vor,

Ferienflirts – leicht gemacht!

Mit dieser Sprachhilfe schnappst du dir jeden Beach-Boy

Wollen wir an den Strand gehen?

- Italienisch: Vogliamo andare in spiagga?
- Spanisch: ¿Nos vamos a la playa?
- Französisch: Est-ce-que nous voulons aller à la plage?

Ich finde dich süß!

- Italienisch: Ti trovo carino!
- Spanisch: ¡ Me encantas!
- Französisch: Je te trouve mignon!

Küss mich!

- **Italienisch: Baciami!!**
- **Spanisch: ¡ Bésame!**
- **Französisch: Embrasse-moi!**

Ich will dich wiedersehen!

- Italienisch: Ti voglio rivedere!
- Spanisch: ¡ Me gustaría volver a verte!
- Französisch: Je veux te revoir!

mit den Anfängern dort auf dem Sandfeld zu spielen. Aber die Langeweile trieb uns auf den Platz.
Ich wurde in Fabios Mannschaft eingeteilt. Es war nicht zu übersehen, wie beliebt er war – vor allem zwei andere deutsche Mädchen haben ständig völlig albern versucht, seine Aufmerksamkeit zu erhalten. Ich fand ihn vom ersten Moment an Klasse. Seine pechschwarzen, wilden Locken und sein Lächeln … Da er knackebraun war, blitzten seine weißen Zähne und seine strahlenden Augen so stark, dass es richtig blendete. Er hat ständig gelacht und irgendwas gesagt, verstanden habe ich allerdings nichts, denn er sprach Italienisch.
Als er mir den Ball zuwarf, weil ich Aufschlag hatte, hat er mir was zugerufen. Die anderen Italiener lachten und mir war das total peinlich. Aus Angst, dass ich auch noch rot werde, habe ich mich schnell umgedreht und so getan, als würde ich mich auf den Aufschlag konzentrieren. Zum Glück wurde es ein Ass, also chancenlos für die gegnerische Mannschaft, und Fabio applaudierte begeistert und strahlte mich an. Noch nie habe ich so ein Lächeln gesehen, noch nie wünschte ich mir so sehr, das ein Volleyballspiel niemals enden würde! Fabio konnte auch sehr gut spielen und daher hat unsere Mannschaft haushoch gewonnen.
Zugegeben, die Verteilung war auch ungerecht. Zum Abschied hat Fabio Lea und mir zwei Wangenküsschen gegeben, das macht man in Italien so. Eigentlich finde ich das ziemlich eklig, aber bei Fabio war das ganz anders. Es hat mir fast die Knie weggedrückt, so schön fühlte sich das an, und mein Herz klopfte so laut, dass ich Angst hatte, er würde es hören. Er roch gut und ich hatte mich Hals über Kopf in ihn verliebt.

Mit einer Mischung aus Italienisch und Zeichensprache hat er Lea und mich gefragt, ob wir heute Abend in die Disco gehen. Na, das war ja wohl klar. Lea schaute mich fragend an und ich nickte so lässig wie nur möglich, denn so schön alles war, mir war es auch unglaublich peinlich und ich wollte nicht, dass er gleich wusste, was mit mir los war.
Außerdem war ich mir unsicher, ob er es vielleicht auf Lea abgesehen hatte und gar nicht auf mich. Aber Lea hat mir versichert, dass er mich viel öfter angeschaut hätte – besonders dann, als er wegen der Disco gefragt hat. Lea ist wirklich eine sehr gute Freundin.

Der Abend war dann der schönste Abend, den ich bisher in meinem Leben erlebt habe. Angefangen hat er allerdings ganz schrecklich! Als wir in die Disco kamen, war Fabio nämlich nicht da. Das hätten wir uns auch denken können, denn wir haben von unserem Balkon aus vergeblich Ausschau nach ihm gehalten. Um neun Uhr meinte Lea, dass wir ihn vielleicht verpasst hätten, und sind rübergegangen. Aber er war tatsächlich nicht da. Am liebsten wäre ich sofort auf unser Zimmer zurückgegangen, um mich für den Rest des Urlaubs unter meiner Bettdecke zu verkriechen. Ich hatte mich so sehr auf den Abend gefreut. Den ganzen Tag habe ich Lea damit genervt, die Minuten runterzuzählen. Und dann stand ich da saublöd in der Disco, wie bestellt und nicht abgeholt! Es war wie ein Schlag in die Magengrube. Ich habe die Wut und den Kloß in meinem Hals runtergeschluckt und so getan, als wär ich fröhlich. Denn die meisten Volleyballspieler waren da und ich wollte mir natürlich nichts anmerken lassen.

Die Musik war auffallend gut und Lea hat den ganzen Abend getanzt. Normalerweise tanze ich auch sehr gerne, aber ich hatte zu nichts Lust. Meine Füße fühlten sich an, als wären sie mit Blei gefüllt. Ich nippte an meiner Cola, stand hinter einer Säule und beobachtete den Eingang. Natürlich so, dass Fabio mich nicht gleich hätte sehen können, wenn er gekommen wäre. Aber er tauchte einfach nicht auf.

Plötzlich kam Lea aufgeregt zu mir.

»Er legt auf!«, brüllte sie mir aus vollem Hals ins Ohr.

»Wer legt was auf?«

»Na ER – die Musik!« Und da sah ich ihn! Mir fiel ein Stein vom Herzen! Fabio saß hinter der Musikanlage und machte Musik. Abgefahren. Mir lief es heiß den Rücken hinunter. Ich ging auf ihn zu, und als er mich entdeckte, lächelte er und forderte mich auf, mich neben ihn zu setzen. Da saß ich dann den Rest des Abends und habe mich pudelwohl gefühlt. Ich habe ihm geholfen, die Musik auszusuchen, und er hat sie aufgelegt. Auf die Weise haben wir uns ganz oft berühren müssen, denn es war ziemlich eng hinter der Anlage. Manchmal haben wir uns auch extra berührt, aber so getan, als wäre es aus Versehen. Es war total aufregend und mein Magen fühlte sich an, als würde es darin brennen!

Für immer und ewig?

Was ist wahre Liebe und wie entsteht sie?

MÄDCHEN verrät dir den »Wahre Liebe«-Check!

Du willst es wissen: Ist es Liebe oder nur Schwärmerei?
Wenn du bei mindestens fünf von zehn Punkten dein »Stimmt«-Häckchen setzen kannst, bist du auf dem besten Weg zur wahren Liebe!

❍ 1. Ihr wisst, dass ihr einander liebt – auch ohne viele Worte.

❍ 2. Du spürst ein wohliges Gefühl, wenn du nur schon an ihn denkst.

❍ 3. Jeder von euch beiden kennt die Träume und Lebensziele des anderen.

❍ 4. Wenn du ihn in deinen Armen hältst, fühlst du dich vollkommen und glücklich.

❍ 5. Ihr respektiert einander und akzeptiert auch die kleinen Macken des anderen.

❍ 6. Ihr könnt über alles offen miteinander reden.

❍ 7. Eure Freunde finden, dass ihr gut zueinander passt.

❍ 8. Du kannst ohne schlechtes Gewissen Zeit mit deinen Freundinnen verbringen – er macht dir keine Szene!

❍ 9. Er darf getrost auch mit seinen Kumpels losziehen, ohne dass du ihm deswegen großartig Stress machst.

❍ 10. Ihr vertraut euch gegenseitig!

Oh nein, jetzt sind es nur noch sieben Minuten! Wenn er jetzt nicht sofort kommt, bin ich für den Rest meines Lebens am Boden zerstört!
»Komm jetzt rein, Ina, sonst fährt der Zug noch ohne dich!«, ruft Lea aus dem Fenster.
»Ich komme gleich«, murmle ich unglücklich.
Das kann doch gar nicht sein. Ich habe mich doch nicht geirrt. Fabio sammelt keine blonden Mädchen. Er ist nicht so. Er liebt mich wirklich! Warum sonst hat er nur mich hinter das DJ-Pult gelassen? Warum sonst hat er so viel Zeit mit mir verbracht? Warum sonst hat er mir so oft und ganz lange schweigend in die Augen geblickt, bis mir fast der Bauch explodiert wäre? Warum sonst hat er mich so wunderbar geküsst? Und dann die Luftmatratzenschlacht … da habe ich mir nichts eingebildet.

Die Luftmatratzenschlacht war gleich am nächsten Tag nach dem herrlichen Discoabend. In dem Club gab es eine überdimensionale Luftmatratze. Wenn sie aufgepumpt war, passten da mindestens zehn Leute drauf. Wir waren ungefähr fünfundzwanzig und alle so in einem Alter. Die meisten waren Italiener, dann gab es noch zwei Französinnen, einige Holländer und Deutsche. Es war ein totales Gezerre und Gekloppe. Jeder wollte sich einen Platz auf der Luftmatratze ergattern, was natürlich alles andere als einfach war. Ich war mehr im Wasser als auf der Matratze. Am Anfang wusste ich gar nicht so recht, wie ich das Spiel finden sollte, denn ständig wurde ich von wildfremden Typen begrapscht und hin und her geschupst. Einige waren ja ganz nett, aber trotzdem wollte ich von denen nicht angefasst werden und von den Blöden schon gar nicht! Aber dann habe ich nur noch mit Fabio gekämpft. Das hat sich einfach so ergeben, wie von selbst. Und das hat natürlich total Spaß gemacht. Die beiden anderen deutschen Mädels, die mir schon beim Volleyballspiel aufgefallen sind, haben ständig an Fabios Füßen gezerrt. Sie wollten ihn nach hinten über die Matratze runterziehen. Die waren bestimmt beide in ihn verknallt, sie ließen ihn überhaupt nicht mehr los, obwohl er sie gar nicht beachtet hat. Doch das bemerkten sie noch nicht mal. Wie peinlich! Das würde mir nie passieren! Und dann kam dieser magische Augenblick, den ich wahrscheinlich mein ganzes Leben lang nicht vergessen werde. Als mich Fabio mal wieder mit einem süffisanten Lächeln untertunkte, verschluckte ich mich ganz schrecklich. Sofort zog er mich hoch auf die Matratze und verteidigte einen ganzen Liegeplatz neben sich. Dafür schmiss er eine von den aufdringlichen Mädels und einen Italiener ins Wasser. Ich legte mich hin, und nachdem ich mich ausgehustet hatte, lagen wir für einige Minuten völlig außer Atem nebeneinander und schauten uns an. Mein Herz pochte bis zum Hals und in meinem Magen loderte ein Feuer. Für einen kurzen Augenblick verschwand das Chaos um uns herum. Es gab nur noch uns. Dann lächelte Fabio mich an und schmiss mich wieder zurück ins Was-

ser. Das war natürlich voll fies. Aber ich war verliebt und ich wusste, dass es Fabio genauso ging.

Noch vier Minuten! Fabio, ich bitte dich, komm! Wir können doch nicht so auseinander gehen. Das geht nicht!

Nach der Luftmatratzenschlacht war ich überglücklich! Ich hatte das Gefühl, den Himmel in meinem Herzen zu tragen oder die ganze Welt umarmen zu können oder zu schweben oder der glücklichste Mensch der Welt zu sein … wahrscheinlich alles zusammen. Es war gigantisch!
Doch der Abend, der auf diesen Nachmittag folgte, war dann der schrecklichste Abend in meinem bisherigen Leben. Lea und ich bezogen wieder Stellung auf dem Balkon, um zu schauen, wer alles in die Disco ging. Fabio war nicht dabei. Es wurde acht Uhr, halb neun Uhr, neun Uhr. Die Zeit zog sich hin wie Kaugummi. Jede Minute schien mindestens eine Stunde zu dauern. Lea las in ihrem Buch, das war natürlich auch nicht gerade sehr unterhaltsam für mich.
»Also, wenn wir jetzt nicht gehen, schlaf ich hier ein«, sagte Lea plötzlich.
»Vielleicht haben wir ihn übersehen. Schließlich war er gestern auch schon dort, als wir noch gar nicht auf dem Balkon saßen.«
»Nein«, sagte ich. »Er legt heute nicht auf und er hat sich mit mir um acht Uhr vor der Tür verabredet.«

»Wir sollten mal runtergehen, wahrscheinlich sitzt dein Fabio völlig frustriert in der Disco und fragt sich, warum du ihn versetzt.«

Ich ließ mich von Lea überreden, doch dann kam alles ganz schrecklich. Fabio war nicht da. Und als ich die anderen nach ihm fragte, meinte ausgerechnet eine von den doofen Tussis, dass er mit einer anderen am Pool sitzen würde. Die Zicke hat es wahrscheinlich genossen, mir diese Nachricht zu überbringen. Blöde Schnepfe! Ich habe gar nichts darauf geantwortet. Habe einfach nur mit den Schultern gezuckt, um vorzutäuschen, dass mir das völlig egal sei. In Wirklichkeit musste ich mich tierisch anstrengen, nicht loszuheulen! Ich habs natürlich gleich Lea erzählt.

»Dieser Idiot«, schimpfte Lea drauflos.

»Das glaub ich ja nicht! Komm, das schauen wir uns an«, schlug Lea vor und so schlichen wir uns raus.

Mich traf der Schlag. Da saß Fabio tatsächlich in einem Liegestuhl und neben ihm eine hübsche Italienerin in seinem Alter und sie unterhielten sich. Natürlich konnten wir kein Wort verstehen. Aber sie unterhielten sich sehr angeregt. Mir drehte sich mein Magen um. Hätte ich zu diesem Zeitpunkt nicht so einen dicken Kloß im Hals gehabt, hätte ich wahrscheinlich meinen ganzen Mageninhalt in den Blumenkübel gekotzt, hinter dem Lea und ich uns versteckt hielten. Ich konnte meinen Blick einfach nicht von diesem Pärchen wenden. Fabio legte sogar seine Hand auf den Unterarm des Mädchens, streichelte ihn und tröstete sie. Diese Mädchen fressende, italienische Superdumpfbacke! Wie konnte ich nur auf den reinfallen!

TIPP

Phantom, Klette oder Biest:

Wenn seine EX nervt ...

Sie ist schlimmer als ein Erdbeben und genauso überraschend taucht sie auf: seine Ex. Hier erfährst du, wie dich diese Naturkatastrophe heimsuchen kann und wie du sie gut überstehst...

Achtung! So gehst du mit ihr um:

✔ Do´s:

- Sei nett und freundlich zu ihr! So bietest du ihr keine Angriffsfläche zum Lästern.
- Sprich mit deinem Freund darüber, wenn du Probleme mit dem Verhalten seiner Ex hast!
- Versuch sie kennen zu lernen! Du wirst sehen, sie ist nicht sooo toll, wie du denkst.
- Sei fair ihm gegenüber: Er war lange mit ihr zusammen, hat viel mit ihr erlebt. Da kann er sie, auch nach der Trennung, manchmal treffen.
- Vertrau deinem Freund und seinen Gefühlen für dich: Er liebt dich und nicht sie.

✘ Dont´s:

- Frag ihn nicht nach ihr aus! Du zwingst ihn damit, dich mit ihr zu vergleichen.
- Streite dich nicht wegen der Ex! Wenn er dich liebt, ist für ihn das Thema längst gegessen.
- Rede nicht schlecht über sie! Sag einfach, du kannst dir kein Urteil über sie erlauben.
- Versuche nicht, sie zu imitieren! Du bist du, deswegen ist dein Freund mit dir zusammen und nicht mehr mit ihr.
- Toleriere nicht alles: Wenn dein Freund in Sachen Ex zu weit geht, solltest du das ansprechen.

»Komm«, meinte Lea. »Den braucht kein Mensch. Wir sollten gehen.«
Sie zog mich zurück in die Disco. Aber ich hatte keine Lust mehr. Lea wollte noch bleiben. Das fand ich nicht schlimm, ich wollte sowieso lieber alleine sein.
Von Einschlafen konnte natürlich überhaupt nicht die Rede sein. Ich war so enttäuscht! Fabio hat doch ganz klar signalisiert, dass er mich mag und mehr noch! Er hat mich mit Händen und Füßen gefragt, ob ich auch in die Disco komme, und als ich nickte, hat er gestrahlt. Ja wirklich! Ich habe mich schlaflos im Bett rumgewälzt. Das war ja auch wirklich ein Albtraum. Da bin ich zum ersten Mal in meinem Leben verliebt und dann falle ich auf so einen Idioten rein!

Am nächsten Morgen hatte ich die mieseste Laune, die man überhaupt haben kann. Ich wollte diesem bescheuerten Fabio auf keinen Fall über den Weg laufen. Nie mehr!
Doch kaum saßen Lea und ich in der hintersten Ecke des Frühstückszimmers (ihre Eltern machten an diesem Tag einen Ausflug und waren schon weg), kam Fabio direkt auf uns zu. Er lächelte breit und sagte: »Buon giorno, belle Signorine.«
Mir verschlug es die Sprache. Dieser unverfrorene Draufgänger erlaubte sich was! Lea und ich reagierten überhaupt nicht. Wir taten so, als sei er Luft. Das störte ihn zunächst nicht. Er setzte sich zu uns und erzählte irgendwas. Ich verstand nur Bahnhof und kochte fast über vor Wut. Erst versetzte er mich, dann flirtete er mit einer anderen und nun war er auch noch so dreist, einfach so zu tun, als wäre alles ganz normal.

»Seine italienische Schönheit scheint heute keine Zeit für ihn zu haben«, sagte ich zu Lea, ihn völlig ignorierend. Ich wusste ja, dass er es nicht verstehen würde.
»Scheint mir auch so«, antwortete Lea, ein Lachen unterdrückend. »Und hier hat er wohl auch kein Glück. Der Ärmste …«
Fabio schaute von einer zur anderen. Er erkannte scheinbar an unseren Stimmen, dass die Stimmung nicht gerade bestens war. Denn jetzt lächelte er nicht mehr.
In dem Moment kam sie in den Saal, die Schöne von gestern. Sie sah wirklich unglaublich gut aus. Als sie Fabio erblickte, kam sie direkt auf unseren Tisch zu.
Nur nichts anmerken lassen, dachte ich. Ganz ruhig bleiben. Fabio muss in meinem Blick etwas bemerkt haben, denn jetzt schaute er sich um und entdeckte sie auch. Sofort stand er auf, ging ihr entgegen und flüsterte ihr etwas ins Ohr.
Mir wurde richtig übel.
»Wir gehen!«, sagte ich zu Lea. »Dieses verliebte Gesäusel muss ich mir nicht auch noch aus nächster Nähe anschauen.«
Doch gerade als ich aufstehen wollte, kam das Mädchen an unseren Tisch und sprach mich an.
»Hallo, ich sein Schwester von Fabio. Mein Name ist Giulietta. Fabio viel von dir erzählen. Er dich mögen.« Jetzt lächelte sie.

Dieses verliebte Gesäusel muss ich mir nicht anschauen!

»Ich seit gestern hier arbeiten für Ferien. Ich brauchte Bruder Fabio, weil es nicht gut geht mit Familie. Ich haben Streit mit Mama. Er wollte lieber mit dir sein, aber ich ihn überredet. Fabio ist guter Bruder.«
Sie legte einen Arm um Fabios Schulter und küsste ihn auf die Wange. Fabio lächelte unsicher, denn er hat ja gar nichts verstanden.
Oh Gott, war mir das unangenehm! Ich kam mir völlig albern vor. Wie eine richtige Zicke. Am liebsten wäre ich im Boden versunken. Ich wurde feuerrot. Lea unterhielt sich gleich mit Fabios Schwester. In meinem Kopf rauschte es. Wie in Trance stand ich auf und umarmte Fabio. Er lachte und wirbelte mich herum. Wie gut, dass alles nur ein böser Traum war.

An diesem Tag hat er mich dann zum ersten Mal geküsst. Es war himmlisch. Ich kriege immer noch eine Gänsehaut, wenn ich daran denke. Wir haben erst den ganzen Tag zu viert verbracht – mit Minigolf, am Strand rumhängen und abends Volleyball. Als Lea und Giulietta dann in die Disco gingen, haben Fabio und ich einen Strandspaziergang gemacht. Die Sonne ging unter, es wehte ein leichter Wind, wir waren beide barfuß. Plötzlich blieb Fabio stehen, stellte sich vor mich hin, nahm mein Gesicht zwischen seine Hände und legte seine Lippen auf meine. Erst hatte ich Angst, dass ich alles falsch machen würde, doch die Angst verflog sofort, denn mit Fabio schien alles so einfach. So ein Zungenkuss fühlt sich viel besser an, als ich ihn mir vorgestellt habe.

Er war weich, prickelnd und herrlich romantisch. Ich habe zwar noch keine Vergleichsmöglichkeit, aber ich bin mir ganz sicher, dass Fabio weltbester Küsser ist!

Und jetzt fährt mein Zug in einer Minute ab und Fabio ist nicht da. Es ist die Hölle. Ich weiß gar nicht, wie ich das überleben soll. Ich liebe ihn so sehr, dass ich an nichts anderes mehr denken kann. Wir dürfen so nicht auseinander gehen!
»Ina, jetzt komm bitte rein«, höre ich Leas Mutter rufen. Sie hat ja Recht, der Zug fährt gleich ab.
»Ina«, ertönt es plötzlich durch den ganzen Bahnhof, dann höre ich hektische Schritte die Treppe hochhetzen ...

Es ist Fabio!!! Er stürzt auf mich zu, nimmt mich in seine Arme und drückt mich ganz fest an sich. Er murmelt etwas von »Motor« und zeigt mir seine schwarzen, ölverschmierten Finger. Oh Gott, was bin ich glücklich! Jetzt ertönt die Pfeife, Lea ruft meinen Namen. Noch eine Umarmung, ich will wenigstens seinen Geruch mit nach Hause nehmen. Dann springe ich schnell in den Zug. Wir schauen einander tief in die Augen, auch nachdem die Tür sich automatisch geschlossen hat. Der Zug fährt los und wir hängen mit unseren Blicken immer noch aneinander. Erst als Fabio zu einem kleinen Punkt verschmilzt, setze ich mich todtraurig auf meinen Platz. Zum Glück ist Lea bei mir. Ich werde in der Schule

gleich nach den Ferien den Italienischkurs belegen und jeden Tag Italienisch lernen.
»Lea, bist du mir böse, wenn ich nicht mit dir ›Küssen müssen‹ spiele?«
»Quark, mein Buch ist superspannend, macht gar nichts.«
Wahrscheinlich werde ich niemals mehr einen anderen Jungen als Fabio küssen, nicht mal im Spiel.

Love-Check

Hat er mit dir über die Zeit nach dem Urlaub gesprochen und habt ihr gemeinsam Pläne geschmiedet, wann und wie ihr euch wiedersehen könnt?

☐ Ja ☐ Nein

Hat er dich um deine Telefonnummer und Adresse gebeten und nicht locker gelassen, bis er es schwarz auf weiß hatte?

☐ Ja ☐ Nein

Hat er dir viel von seinen Freunden, seinen Hobbys und seinem spannenden Leben zu Hause erzählt und war total darauf gespannt, wie du das alles finden wirst?

☐ Ja ☐ Nein

Weißt du, wann er Geburtstag hat (nachschauen gilt nicht) und was sein Lieblingsessen ist?

☐ Ja ☐ Nein

Hat er auch in der Öffentlichkeit zu dir gestanden und Händchen gehalten oder dir einen Kuss gegeben?

☐ Ja ☐ Nein

Love-

Wissen deine Eltern von deiner Urlaubsliebe, sodass du dich nicht heimlich aus dem Hotel stehlen musstest, um ihn sehen zu können?

☐ Ja ☐ Nein

Hat er dich seinen Eltern vorgestellt oder war er mal gemeinsam mit deiner Familie während des Urlaubs unterwegs (Ausflug, Abendessen, Tag am Strand)?

☐ Ja ☐ Nein

Wenn du auf die Landkarte schaust, kannst du sagen, dass deine Urlaubsliebe weniger als 500 Kilometer weit weg von dir zu Hause wohnt?

☐ Ja ☐ Nein

Haben dir deine Eltern vorgeschlagen oder es erlaubt, ihn für einen Tag oder ein Wochenende zu dir einzuladen?

☐ Ja ☐ Nein

Hat er den ersten Schritt gemacht und dich angerufen, dir eine süße SMS geschickt oder einen kleinen Brief geschrieben, als ihr wieder zu Hause wart?

☐ Ja ☐ Nein

Wenn du mehr als 5 Fragen mit JA beantworten kannst, stehen die Chancen gut, dass eure Liebe auch alltagstauglich ist. Wenn jedoch die NEINs überwiegen, musst du dir darüber klar werden, dass eure Liebe nur ein Flirt war …

Check

Name: Raphael

Alter: 14

Sternzeichen: Skorpion

Hobbys: Lesen, in Museen gehen

Was ich super finde: historische Romane und Filme

Das ist für mich Horror: Smalltalk, Kettenbriefe

Meine beste Eigenschaft: Zuverlässigkeit

Lieblingsbeschäftigung: lesen

Das mag ich an Mädchen: dass sie nicht solche Sprüche-
Klopfer sind wie Jungs

Was ich nicht an Mädchen mag: wenn sie nur Klamotten
und Jungs im Kopf haben

Das möchte ich später machen:
Geschichte und Sprachen studieren

Raphael – Liebe auf den zweiten Blick

Ich werde diese Italiener nie verstehen. Kaum entdecken sie blonde Haare, baggern sie los, was das Zeug hält, und scheuen dabei vor nichts zurück. Nicht einmal vor meiner Mutter! Dabei sind ihre Haare gefärbt.
»Ich kann immer noch nicht glauben, dass bella Signorina haben schon so eine große Sohn! Sie seien doch viel su jung!«, flirtet Roberto, unser Reiseleiter mit meiner Mutter, der einzigen Frau unter siebzig im Bus.
»Sie Schmeichler«, wiegelt meine Mutter ab, freut sich aber doch über das Kompliment dieses gegelten Machos.
Ich sitze genervt daneben und versuche, mich nicht unnötig zu bewegen, um nicht noch mehr zu schwitzen. Die Klimaanlage im Bus ist ausgefallen und die staubige Augusthitze steht so dick zwischen den Polstersitzen, dass man sie in Scheiben schneiden könnte. Es riecht nach alten Leuten und manche hängen wie schlaffe Gummitiere, aus denen etwas zu viel Luft entwichen ist, in ihren Sesseln, den Kopf nach hinten gekippt, und schnarchen laut. Sie sind völlig erschöpft von dem langen Tag in Rom, an dem wir das Kolosseum und die Sixtinische Kapelle besucht haben. Das alles einmal live zu sehen und nicht nur aus meinem Italienisch-Wahlkurs zu kennen, war Klasse.
Zum Glück konnte ich mit Mama diesen Busausflug ins Landesinnere unternehmen. Wenigstens eine in der Familie, die weiß, dass Italien

mehr zu bieten hat als Sonne, Pizza und Amore – dachte ich. Und dann musste ausgerechnet sie Roberto so ablenken, dass er von der Sex-tini-schen Kapelle gesprochen hat. Wie witzig!

Amore gibts hier wirklich im Überdruss – selbst vor meinem Vater macht der »Romantik-Virus« keinen Halt. »Riechst du die Oleanderblüten, Schatz?«, säuselt Papa verliebt, wenn er abends mit Mama Cocktails bei Kerzenlicht schlürft. Und bei den kitschigen Sonnenuntergängen flippt er regelmäßig aus: »Schaut mal, wie die Sonne im Meer versinkt. Blutrot! Blutrot!«
Die starke Sonneneinstrahlung scheint wirklich allen um mich herum das Gehirn zu erweichen. Auch mein jüngerer Bruder Tommi kommt hier voll auf seine Kosten. Er ist so ein Aufreißer und die Mädchen fallen auch noch scharenweise auf ihn herein.

Ich war noch nie verliebt und ich kann mir auch nicht vorstellen, dass ich mich jemals verlieben könnte. Nur, weil hier sehr hübsche Mädchen herumlaufen, verliebe ich mich doch nicht gleich. Das ist eher Tommis Art.
Eine Freundin, denke ich, müsste in erster Linie doch wirklich eine »Freundin« sein. Sicher, sie sollte auch einigermaßen hübsch sein, aber vor allem sollte sie meine Interessen teilen. Nur, gibt es das? Ein Mädchen, das gerne angelt und sich für das Römische Reich interessiert?

Dass ein Mädchen schön aussehen muss, damit ich mich in sie verliebe ... nein, das ist für mich nicht wichtig genug. Und überhaupt. Warum sollte ich mich verlieben? Was ist schon dabei? Nur weil es anscheinend jeder tut, den ich kenne? Das wird nur kompliziert.
Und außerdem: Wie soll das gehen? Als ob mir plötzlich ein Mädchen über den Weg laufen würde und ich verliebe mich in der Sekunde in sie? So ein Blödsinn!
Überhaupt habe ich diesen Cluburlaub nur Tommi zu verdanken. Er hat so lange bei unseren Eltern gebettelt, bis sie sich breitschlagen ließen. Tommi fühlt sich in so einem Clubgelände bei Sonne, Pool und Bar wohl wie ein Fisch im Ozean, während ich mich eher wie ein Fisch im Aquarium fühle – eingesperrt eben.
Ich habe mir fest vorgenommen, nie wieder ein Schimpfwort zu benutzen, wenn die letzten Ferientage nur schnell vorübergehen. Aber sie ziehen sich unerbittlich in die Länge wie Kaugummi.

Während Mama nach der Busfahrt gepflegt im Pool herumpaddelt, um sich vor dem Abendessen noch einmal zu erfrischen, stürze ich mich in die Riviera-Wellen. Tommi ist auch im Wasser, mit seiner neuen Bekanntschaft.

Alles Schatzi, oder was?

MÄDCHEN wollte von euch wissen, welchen Kosenamen ihr eurem Freund verpasst …

Über 6.000 MÄDCHEN-Leserinnen haben unsere Homepage www.maedchen.de angeklickt und uns verraten, wie sie ihren Liebsten nennen: Die klassischen Schmusenamen wie Bär, Maus, Schatzi oder Süßer – in allen Variationen – sind bei euch immer noch total angesagt. Manche Jungs kommen sogar in den Genuss, von euch mit ganz besonders ausgefallenen Wortschöpfungen geneckt zu werden.

Seht selbst, was unsere Top 10 der witzigsten und ungewöhnlichsten Kosenamen zu bieten haben …

TOP 10

01 Feuerzähnchen

02 Urmel

03 Muffi-Puffi

04 Negg-Negg

05 Fussel

06 Kartoffelpufferli

07 Digger

08 Hasenschnittchen

09 Möhrchen

10 Socke

»Hi, Raphi, wie wars im alten Rom?«, ruft er mir entgegen und interessiert sich nicht die Bohne für eine Antwort. »Mann, hier hast du echt was verpasst. Schau mal, was ich beim Beach-Volleyball gefunden habe!«
Das ist doch wieder typisch Tommi. Für ihn sind Ferien erst dann so richtig perfekt, wenn er sie mit einem Mädchen verbringen kann. Und wie er von ihr spricht! Als hätte er eine alte Badelatsche im Sand entdeckt. So kann man doch nicht von einem Mädchen sprechen, das einem gefällt.
»Das ist Neeltje, sie kommt aus Holland.« Tommi nimmt Neeltje in den Arm und lacht. »Aber ich nenne sie ›mein Knäckebrot‹, weil sie so braun gebrannt, nordisch und knackig ist.«
»Freut mich, dich kennen zu lernen«, sage ich und finde mich selbst etwas steif. Ich schüttle Neeltje die nasse Hand und weiß gar nicht, wo ich hinsehen soll. Immerhin hat sie nur einen vernachlässigbar kleinen Bikini an und ist wirklich sehr hübsch, sommersprossig und natürlich blond. »Wie lange seid ihr schon hier im Club?«, stelle ich die Standardfrage, weil mir einfach keine bessere einfällt.
»Zwei Wochen«, sagt Neeltje sehr holprig.
»Sie spricht nur wenig deutsch«, sagt Tommi fröhlich. »Also bemüh dich nicht erst.«
»Und wie redet ihr dann miteinander?«, wundere ich mich ehrlich und vergesse für einen Moment, dass ich es mit Tommi zu tun habe.
»Mit vollem Mund, spricht man eh nicht«, sagt er nur und drückt Neeltje einen feuchten Knutscher auf den Mund.
Ich tauche einfach unter und paddele davon. Für heute habe ich genug.

Noch ehe der Sommer um ist, werden Sie sich Hals über Kopf verlieben!

Doch als ich in meine Klamotten schlüpfe, finde ich in meiner Hosentasche wieder den Zettel vom Orakel-Automaten, der vor dem Kolosseum stand.

»Komm, das probieren wir mal aus«, hat Mama herumgealbert und sofort einen Euro eingeworfen. »Mal sehen, was uns die Zukunft so bringt!«

Der Automat ist eine Nachbildung vom steinernen Mund, dem alten römischen Orakel. Das ist auch auf unserem Italienisch-Buch. Wer damals seine Hand in den Mund der Wahrheit legte und es wagte zu lügen, der zog sie nicht wieder unversehrt heraus. Wahrscheinlich waren damals Skorpione hinter dem steinernen Mund versteckt.

Der Orakel-Automat beim Kolosseum ist natürlich nur aus Plastik. Aber wenn man Geld einwirft und seine Hand in den Mund legt, bekommt man einen Zettel mit einer albernen Prophezeiung ausgespuckt. Mama bestand darauf, dass ich das auch mal ausprobierte, obwohl ich das völlig idiotisch fand. Ich werfe noch einmal einen Blick auf den Zettel, den mir das Orakel ausgespuckt hat: *Noch ehe der Sommer um ist, werden Sie sich Hals über Kopf verlieben!* So was Lächerliches! Ich zerreiße den Wisch in tausend kleine Fetzen und lasse sie in den Papierkorb schneien.

Small-Talk-Tricks

Endlich bist du mit deinem Schwarm verabredet. Aber statt locker mit ihm drauflloszuquatschen, fällt dir einfach kein Gesprächsthema ein. Diese Tipps machen Schluss mit der Sprachlosigkeit!

Top-Themen

1. Wenn dein Schwarm kein Unbekannter für dich ist, denk an eure Gemeinsamkeiten. Wo habt ihr euch kennen gelernt? Habt ihr gemeinsame Freunde oder Hobbys? Was macht er in seiner Freizeit und in den nächsten Ferien?

2. Du bist »Harry Potter«-Fan und kannst es kaum erwarten, bis der nächste Teil ins Kino kommt? Erzähl ihm von deinen Lieblingsfilmen und frag ihn, wann er zuletzt im Kino war. Perfekt für ein Anschlussdate: Verabrede dich mit ihm fürs Kino oder zu einem Videoabend!

3. Wenn Kino nicht sein Ding ist, hat er sicherlich im Fernsehen eine Lieblingssendung. Ob »Simpsons«, »South Park« oder »TV total«: Frag ihn, wie er das findet, oute dich aber lieber nicht als Soap-Fan – das finden viele Jungs uncool!

fürs erste Date

4 Auch wenn das Thema nicht so superangenehm klingt, eignet sich die Schule trotzdem als Warm-up für prickelnde Unterhaltungen. Du musst ihn ja nicht unbedingt fragen, wie es bei ihm in der Schule so läuft – damit nervt ihn sicher seine Mutter täglich. Aber ein bisschen Ablästern über Lehrer oder den langweiligen Bio-Unterricht ist erlaubt. Vielleicht stellt sich ja dabei heraus, dass er ein Mathe-Ass ist – und du kannst ihn bitten, dir Nachhilfe zu geben?!

5 Mit dem Thema Musik landest du immer einen Volltreffer! Mach dich im Vorfeld schlau, was er gerne hört und wann seine Lieblingsband ein Konzert in eurer Nähe gibt. Während des Gesprächs kannst du vorschlagen, gemeinsam hinzugehen – oder ihn bitten, dir mal die CD auszuleihen!

6 Bei der Klassenfahrt hat ein Mitschüler die Sonnencreme mit Enthaarungscreme verwechselt? Witzige Geschichten sind gut, um die Situation aufzulockern. Aber Achtung, nicht zu dick auftragen, sonst glaubt er dir womöglich nicht!

7 »Du siehst so durchtrainiert aus, machst du regelmäßig Sport?« Bingo! Ein Satz, der jedem Jungen schmeichelt. Wenn du es mit einer Sportskanone zu tun hast, solltest auch du von deinen sportlichen Seiten erzählen. Jungs mögen aktive Mädchen.

Flop-Themen

1. Du hast oft Zoff mit deinen Eltern und wirst das Gefühl nicht los, dass dich niemand versteht? Das ist traurig, aber persönliche Probleme solltest du bei eurem ersten Date nicht ansprechen. Dazu kennt ihr euch noch zu wenig!

2. Auch wenn es mit Freundinnen Spaß macht: In seiner Gegenwart verkneif dir, über andere zu lästern. Jungs stehen da gar nicht drauf. Abgesehen davon trifft deine Kritik vielleicht ausgerechnet jemanden, den er völlig okay findet. Peinlich!

3. Dein Vater ist Vorstandsvorsitzender eines Konzerns, eure Familie hat ein Ferienhaus auf Ibiza und an Weihnachten fliegt ihr regelmäßig nach Kanada zum Heli-Skiing? Schön für dich, aber nicht angeben damit! Erzähl deinem Schwarm erst davon, wenn du ihn vorher mit deinen inneren Werten überzeugen konntest. Auch, dass du keine Sorgen mit dem Taschengeld hast, in den Ferien nicht jobben musst und dir problemlos Markenklamotten leisten kannst, sollte an eurem ersten Abend kein Thema sein!

4 Top-Tabu-Thema beim ersten Date: Exfreunde! Egal, ob es sich um deinen Ex oder um seine Verflossene handelt. An diesem Abend geht es nur um euch beide und nicht um alte Geschichten, die schon längst begraben und vergessen sein sollten. Ebenfalls tabu: das Thema Sex. Bitte kein Wort über dein erstes Mal und die vorhandenen oder nicht vorhandenen Liebeskünste deines Exfreundes. Du willst ihm mit deiner Offenheit imponieren, auf ihn wirkt es aber einschüchternd oder billig.

5 Um bei ihm mit einer Story zu punkten, würdest du am liebsten ein Geheimnis verraten, das dir jemand anvertraut hat? Verkneif es dir! Er könnte denken, dass du nicht vertrauenswürdig bist und für einen Gag alles und jeden verrätst!

6 Absolute Abtörner bei Jungs sind typische Girls-Themen wie Shoppen oder Abnehmen. Wenn du über deinen letzten Shopping-Flash erzählst und ihm von deinen Problemzonen vorjammerst, wird er wahrscheinlich sofort wegrennen.

7 Du träumst davon, mit deinem Schwarm eine Weltreise zu machen und mit zwanzig dein erstes Kind zu bekommen? Zukunftspläne solltest du trotzdem beim ersten Date lieber für dich behalten. Davor haben Jungs mehr Angst als vorm Zahnarzt!

Als ich später zum Abendessen komme, stehen Neeltjes Eltern bei uns am Tisch. Sie faseln irgendetwas in gebrochenem Deutsch, aber sie sind so aufgeregt, dass es auch nicht leichter zu verstehen ist als Holländisch. Nur eins ist sonnenklar: Sie beschweren sich über irgendetwas und es hat mit Tommi zu tun. Mit wem auch sonst? So wie's aussieht, soll Tommi was mordsmäßig Schmutziges angestellt haben, und das traue ich ihm durchaus zu.

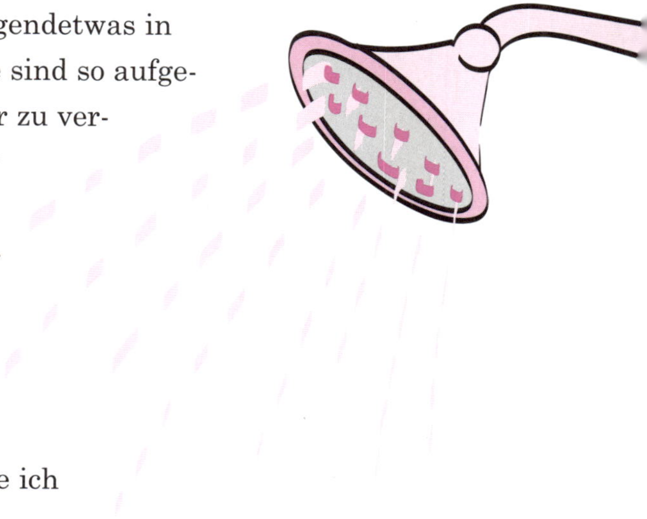

»Wir waren nur zusammen in der Dusche«, verteidigt sich Tommi gerade und weicht den Blicken von Neeltjes Eltern aus. »Ich verstehe gar nicht, was daran so schlimm sein soll?«
»Das ist einfach ein Unding«, schimpft Papa. »Die Leute machen sich natürlich Sorgen um ihre Tochter.«
Ich habs ja gewusst, dieser ganze Liebeskram bringt einfach nur Ärger mit sich. Aber Tommi bleibt cool.
»Vom Duschen wird man ja nicht gleich schwanger!«, sagt er. »Wir hatten beide Badeklamotten an.«
»Zumindest lässt man sich nicht dabei erwischen!«, rät Mama und kassiert dafür einen fragenden Blick von Papa.

RAPHAEL

Die Geschichte mit Neeltje ist damit zu Ende. Die letzten Tage machen Tommi und ich wieder mehr zusammen. Doch gerade als ich ihm beim Segeln von den Ausgrabungen im Kolosseum erzählen will, muss er seinem Ärger mit Neeltje und ihren Eltern noch einmal Luft machen. Bei absoluter Flaute dümpeln wir in einer Nussschale von Segelboot übers Mittelmeer und für mich gibt es kein Entrinnen.
»Was für Spießer!«, schimpft Tommi vor sich hin. »Und Neeltje hätte ruhig auch mal was sagen können. Erst wollte sie, dass ich mit unter die Dusche komme, aber als das ihre Eltern spitzgekriegt haben, hat sie kein Wort mehr darüber verloren. Als wäre nur ich der Böse. So eine Zicke.«
»Warum hast du dann überhaupt was mit ihr angefangen, wenn sie so eine Zicke ist?«, frage ich.
»Na ja, für den ganzen Ärger hatte ich ja immerhin einen ganz netten Ausgleich«, sagt Tommi und beginnt wieder von seinem Dusch-Abenteuer zu schwärmen. Leider nimmt er dies auch zum Anlass, mir einen Vortrag über Frauen zu halten, obwohl ich den gar nicht hören will.
»Du solltest es endlich auch mal mit einer Freundin probieren, damit du endlich mal mitreden kannst!«
Dass ich mir das von meinem kleinen Bruder sagen lassen muss, ist schon peinlich genug. Dass er ins Schwarze getroffen hat, erst recht. Mitreden kann ich schon lange nicht mehr. Was kann ich dafür, wenn ich mich einfach nicht verliebe! Aber ich weiß auch gar nicht, ob ich das überhaupt will. Alle reden nur noch über das eine Thema, als ob es nichts anderes mehr gäbe!
»Jetzt krall dir doch auch mal eine!«, sagt Tommi und räkelt sich auf

Absolute Kuss-Killer:

Kussmund!

Jungs stehen gar nicht darauf, Lippenstiftreste im Gesicht kleben zu haben. Nur 8 % wollen rote Lippen küssen. Ganz eklig finden sie auch Lipgloss – vor allem mit Geschmack. »Der ist so klebrig«, sagen sie.

Total verminzt!

Zu scharfe Menthol-Kaugummis sind genauso abtörnend wie schlechter Atem. Dein Süßer soll ja nicht das Gefühl haben, als würde er mit seinem Zahnarzt züngeln. Bääh!

Herpes!

Beim Küssen werden bis zu 300 verschiedene Keime und Bakterien weitergegeben, die durch die natürliche Schutzpolizei des Mundes unschädlich gemacht werden. Bei Herpes gilt bis zur vollständigen Abheilung Kussverbot.

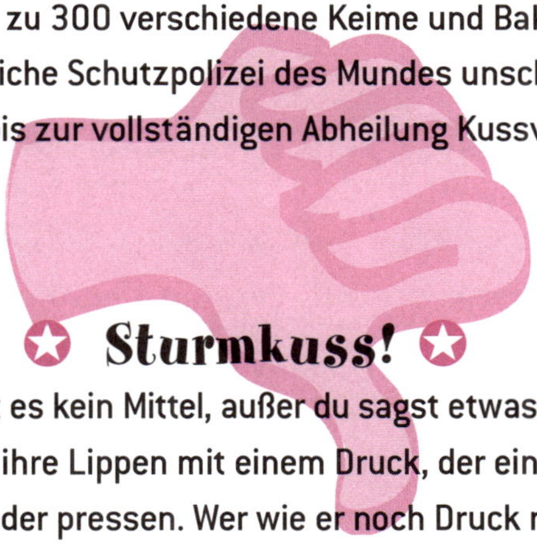

Sturmkuss!

Gegen Kuss-Rambos gibt es kein Mittel, außer du sagst etwas. Mach ihm klar, dass schon normal Küssende ihre Lippen mit einem Druck, der einem Gewicht von 15 Kilo entspricht, aufeinander pressen. Wer wie er noch Druck macht, braucht einen Waffenschein.

dem Bug in der Sonne. »Mach einfach mal ein paar Erfahrungen!« Im Gegensatz zu unserem Segelboot gerät Tommi richtig in Fahrt. »Versteif dich nicht gleich drauf, dass es die Richtige sein muss!«
»Ich suche ja gar nicht. Auch nicht nach der Richtigen!«, sage ich nur und ärgere mich, dass ich mich anhöre wie ein Kind, das einen Lutscher ausschlägt.
Ich beende das Gespräch, indem ich Tommi den Rücken zuwende und meine Füße ins Wasser hängen lasse. Klar, Erfahrungen machen wäre nicht schlecht, aber sich auf Teufel komm raus eine Freundin zuzulegen, auch wenn man gar nicht verliebt ist? Nur um Erfahrungen zu sammeln und mitreden zu können? Da müsste ich ihr ja die ganze Zeit was vorspielen. Nein, ich glaube, ich will den Lutscher tatsächlich nicht.

Abends liege ich noch lange wach und lausche den Geräuschen aus den Nachbarhütten. Durch die dünnen Strohwände kann man fast alles hören. Papa schnarcht nebenan, völlig erschöpft von seinem Surfkurs. Irgendwo pupst jemand und es hört sich so an, als würde er direkt neben meinem Bett stehen. Aber zum Glück riecht es weiter nur nach Piniennadeln. Andere flüstern miteinander und küssen sich schmatzend. Warum nur ist für viele die Sache mit der Liebe so leicht, fast wie ein Spiel? Als ob man sich mal in die eine, mal in die andere verlieben könnte? Und warum erscheint es mir so kompliziert, sich zu verlieben? Erwarte ich zu viel? Vielleicht warte ich ja auf etwas viel zu Großes und dabei ist Liebe viel kleiner als ich denke. Ich bin zu müde, um weiter zu grübeln, und beschließe, dass ich die Liebe völlig überbewerte und sie womöglich gar nicht wirklich existiert. Warum sonst sollten Tommi und seine Kumpels ihre Freundinnen öfter wechseln als ihre Unterhosen?

Ein paar Tage später. Endlich ist der Urlaub vorbei und der Alltag hat mich wieder! In der Schule kann ich mich auf die interessanten Dinge des Lebens konzentrieren. Dieser ganze Affentanz ums Verliebtsein ist mir zu kompliziert und verwirrend. Ich freue mich schon auf die siebte Stunde. Da habe ich Italienisch und kann von meinem Besuch in Rom erzählen. In einem Wahlkurs ist es ganz anders als in der normalen Klasse. Wenn die vielen Sprücheklopfer nicht da sind, kann man endlich mal in Ruhe ausreden und zuhören.

»Buon giorno, amici!«, begrüßt uns Frau Luger gut gelaunt und bittet uns, das Buch aufzuschlagen. Als ich mein Italienisch-Buch aus dem Schulranzen hole, starrt mich mit weit aufgerissenen Augen das römische Orakel auf dem Buchdeckel an. Wie war das? Bevor der Sommer um ist, werden Sie sich … Herbstanfang ist am 22. September und heute ist … der 17. Total albern! Ich klappe das Buch auf und konzentriere mich auf den Text.

TIPP

Kein Glück in der Liebe?

Do´s & Dont´s

1. No risk, no fun! Trau dich und mach den ersten Schritt, auch auf die Gefahr, eine Abfuhr zu riskieren. Nur so weißt du, woran du bei deinem Traumjungen wirklich bist.

2. Sei ganz du selbst! Natürliches Auftreten kommt bei Jungs immer am besten an.

3. Mach was aus dir! Heb hervor, was dir an dir besonders gut gefällt (z. B. Augen) – das wirkt.

4. Frag bei deinen Freundinnen nach, wie du auf andere wirkst. Unsicherheit wird oft als Arroganz ausgelegt. Du musst dich nicht verstecken – sei selbstbewusst und zeig, was in dir steckt!

5. Wenn du einen Jungen magst, dann zeig ihm das auch. Such seinen Blickkontakt, lächle ihn nett an. Ein freundliches »Hallo!« kann auch nicht schaden ...

1. Suche nicht krampfhaft nach Mr. Right! Jungs haben einen siebten Sinn für so etwas und meiden solche Mädchen oft großräumig.

2. Frag deinen Schwarm nicht gleich im ersten Gespräch, ob er eine Freundin hat. Auf die meisten Jungs wirkt das aufdringlich und deshalb abschreckend.

3. Überstürze nichts, nur damit du »mitreden« kannst. Die erste Liebe ist etwas, an das du dich immer erinnern wirst.

4. Schraub deine Ansprüche nicht so hoch:
Jeder Mensch hat Fehler, auch du. Also, bleib fair!

5. Unternimm was mit deiner Clique, nur so lernst du neue Leute kennen!

»Dove è il più bel caffè di Roma?«, liest Frau Luger gerade laut vor, als die Türe geöffnet wird und Ina hereinkommt, ein Mädchen aus der Klasse meines Bruders.
Aber ist das wirklich Ina? Ich starre sie an. Ina sieht super aus, ganz verändert. Sie ist braun gebrannt und ihre Haare sind noch blonder als vor den Sommerferien. Auf der Nasenspitze hat sie kleine Sommersprossen.
Plötzlich bin ich hellwach bis in die Fingerspitzen. Nur im Magen ist mir auf einmal ein wenig flau. Was macht denn Ina hier? Sie stellt sich Frau Luger kurz vor und sucht dann mit ihren strahlenden, megablauen Augen flüchtig den Raum ab. Als sie Miri hinter mir entdeckt, geht sie zielstrebig auf sie zu und rutscht so schwungvoll auf den Platz neben ihr, dass ihr Pferdeschwanz wippt. Sie riecht nach Maiglöckchen und wirkt so frisch und fröhlich, als sei sie eben erst aufgestanden und nicht nach sechs langen Schulstunden an einem mörderheißen Tag hier in den dritten Stock hochgehetzt.
Erst jetzt merke ich, dass ich sie anstarre, als hätte sich Kaiser Nero persönlich zu uns in die Klasse gesetzt, um mit uns darüber zu diskutieren, warum er Rom angezündet hat. Ich klappe langsam meinen Mund zu, grinse döflich und zwinge mich, mich wieder nach vorne zu wenden. Idiotischerweise fällt mir in dem Moment das Orakel wieder ein. Meine Gedanken rasen durch den Kopf. Das blöde Plastik-Orakel ist doch nur ein computergesteuerter Automat! Das kann doch gar nicht sein! Aber was passiert dann gerade mit mir? Noch bevor der Sommer um ist … So ein Schwachsinn! Mein Kopf wischt jeden Gedanken an Ina wie eine

lästige Fliege beiseite. Aber mein Herz hört nicht auf, so stark zu schlagen, als müsse es den Blutkreislauf eines Elefanten versorgen. Ina ist so schön, dass sie mich bis in die letzte Zelle meines Körpers berührt. Das muss doch jedem so gehen. Vorsichtig schaue ich mich zu den anderen um. Aber die folgen dem Unterricht wie immer. Frau Luger faselt irgendetwas vom Kolosseum. Aber das interessiert mich nicht mehr. Dann erklärt sie neue Verben. Ina ist mit Feuereifer bei der Sache, als wolle sie den Vorsprung der anderen an einem Tag aufholen. Ich kann ihre fröhliche Ausstrahlung fast körperlich spüren. In meinen Ohren rauscht es bedrohlich und ich meine, sämtliche Geigen aus Mamas Liebesfilmen zu erkennen.

Was um Himmels willen ist denn mit mir los?! Ist das das berühmte Gefühl, von dem die anderen immer sprechen? Ich muss meine Gedanken sammeln. Ich habe mit Ina ja noch nie ein Wort gewechselt, wie kann ich da wissen, ob ich sie mag? Und trotzdem, eines weiß ich ganz sicher: Es fühlt sich anders an als alle anderen Gefühle vorher und es ist das stärkste, was ich jemals hatte.

Ist es Freundschaft oder Liebe?

Hier erfährst du, ob dein bester Kumpel und du nur gute Freunde seid oder die große Liebe wartet …

1. Wie oft seht ihr euch?

A. Jeden Tag

B. Ungefähr einmal die Woche

C. Ab und zu

2. Wenn er ernste Probleme in der Schule, mit den Eltern oder seiner Clique hat, erfährst du davon …

A. … per Zufall durch Dritte.

B. … durch Telepathie! Ich spüre einfach, wenns ihm schlecht geht.

C. … durch ihn, denn er erzählt mir alles.

3. Wenn du ihn um einen Gefallen bittest, dann…

A. … verschwindet er.

B. … ist er stets zur Stelle.

C. … hat er zwar gute Vorsätze, aber oft jede Menge Ausreden parat.

4. Redet ihr manchmal über »die Zukunft«?

A. Ja, er redet drüber, wie wir die kommenden Ferien planen sollen.

B. Mhmm, er hat schon mal Konzert-Tickets für uns einen Monat vorab bestellt.

C. Wir machen noch nicht mal Pläne für das nächste Wochenende.

5. Kennst du seine Freunde persönlich?

A. Nein, ich kenne kaum einen von ihnen.

B. Klar, schließlich hat er darauf bestanden, mich jedem Einzelnen von ihnen vorzustellen.

C. Die meisten seiner Kumpels kenne ich natürlich, schließlich sind sie auch meine Freunde.

6. Was seine vergangenen Liebesbeziehungen angeht, bezeichnet er sich als ...

A. ... enttäuscht. Viele Mädels findet er einfach ziemlich blöd.

B. ... Schürzenjäger. Er ver- und entliebt sich schnell.

C. ... treu. Eine feste Beziehung wäre kein Problem für ihn.

7. Je länger ihr euch kennt, desto ...

A. ... enger wird unsere Beziehung.

B. ... lieber mag ich ihn.

C. ... frustrierter bin ich darüber, dass wir nur Freunde sind.

8. Du schickst ihm eine liebe SMS – wie lange dauert es, bis er darauf antwortet?

A. Gewöhnlich lässt er sich leider viiiiel Zeit.

B. Er antwortet sofort!

C. Nur wenige Stunden.

9. Du hast Geburtstag. Was schenkt er dir?

A. Eine CD meiner Lieblingsband.

B. Eine witzige Karte.

C. Ein teures Parfüm.

10. Mal ehrlich: Bist du sicher, das du das einzige Mädchen in seinem Leben bist?

A. Nein, leider bin ich nicht die Einzige!

B. Ganz sicher bin ich mir da nicht.

C. Absolut – er schaut anderen Mädels nicht mal nach!

11. Wie reagiert er, wenn du mal schlecht drauf bist?

A. Er nimmt mich in den Arm und versucht, mich zu trösten.

B. Er lädt mich zum Eisessen ein oder überrascht mich mit einem tollen Kino-Besuch.

C. Er wartet lieber ab, bis ich wieder gute Laune habe.

12. Wenn ihr gemeinsam auf einer Party seid, wie verhaltet ihr euch?

A. Wir sind beinahe unzertrennlich, schließlich sind wir ein eingespieltes Team!

B. Wir gehen zwar gemeinsam hin, hängen aber nicht wie die Kletten aneinander.

C. Ich verbringe gewöhnlich den ganzen Abend damit, nach ihm Ausschau zu halten.

13. Wie reagiert er, wenn du mal mit einem anderen Jungen flirtest?

A. Er flirtet auch mit anderen Mädchen.

B. Er versucht, sich ständig einzumischen, und lässt mich keine Sekunde aus den Augen.

C. Er lächelt ermutigend und verzieht sich diskret.

14. Wie verhält er sich dir gegenüber, wenn seine Kumpels in der Nähe sind?

A. Wie immer, denn ich gehöre ja auch zu seiner Clique.

B. Er scherzt mit seinen Jungs und vergisst schon mal, dass ich auch noch da bin.

C. Auch wenn seine Kumpels in der Nähe sind, hat er doch eigentlich nur Augen für mich.

Testauflösung

	1	2	3	4	5	6	7	8	9	10	11	12	13	14
A	10	0	0	10	0	5	10	0	5	0	5	10	0	5
B	5	10	10	5	10	0	5	10	0	5	10	5	10	0
C	0	5	5	0	5	10	0	5	10	10	0	0	5	10

Fortsetzung ▸▸▸

Testauflösung

0 bis 50 Punkte:

Es scheint so, als würdest du eine rosarote Brille tragen. Du bist verknallt, ganz klar. Doch er hegt momentan nicht gerade allzu romantische Gefühle für dich. Schlimmstenfalls ist seine Freundschaft ein Mittel, um dich mal eben rumzukriegen. Tatsächlich sieht es so aus, als wäre er an einer intensiven, innigen Beziehung – egal, ob Freundschaft oder Liebe – nicht sehr interessiert. Er ist noch nicht so weit, sich dir zu öffnen. Stürz dich nicht in ein gefährliches Abenteuer, sondern schau dich derweil lieber anderweitig nach deinem Traumprinzen um!

55 bis 100 Punkte:

Gratulation! Du hast den allerbesten Freund, den man sich nur wünschen kann. Er ist total bemüht um dich, kennt deine Ängste, Sorgen und Hoffnungen und lässt dich an allem teilhaben, was ihn bewegt. Wenn deine Liebe für ihn wirklich so stark ist, dann solltest du ihm das auch sagen. Falls er nicht in dich verliebt ist, wird dein Geständnis eure Freundschaft gewiss nicht schlimm erschüttern. Ehrlichkeit ist die Basis eurer Beziehung – steh dazu! Wer weiß, vielleicht ist er ja auch nur zu schüchtern, um dir seine wahren Gefühle zu offenbaren?!

105 bis 140 Punkte:

Wieso zögerst du? Eigentlich müsstest du schon längst in seinen Armen liegen! Ihr seid das neue Traumpaar eurer Clique, keine Frage! Es ist an der Zeit, dass endlich einer von euch beiden den Mut findet, den ersten Schritt zu wagen. Lang genug seid ihr umeinander herumgeschlichen wie die Katze um den heißen Brei. Lade deinen Freund zu einem romantischen Picknick oder Videoabend ein, zieh dir etwas Verführerisches an, das er noch nicht kennt, und dann ran an den Mann! Eines wird dann ganz bestimmt zum anderen führen ...

Name: Lea

Alter: 13

Sternzeichen: Stier

Hobbys: schwimmen, lesen

Was ich super finde: meine Mutter, H. G., Ina und meine Hasen

Das ist für mich Horror: Krieg

Meine beste Eigenschaft: blöde Frage!

Lieblingsbeschäftigung: lesen, mit Ina oder meinen Hasen zusammen sein

Das mag ich an Jungen: verrat ich nicht, nur so viel: bei einem alles

Was ich nicht an Jungen mag: sind mir oft zu brutal

Das möchte ich später machen: Tierärztin

Lea und »ihr« Lehrer

Pausenhof, Dienstag, 9.25 Uhr

»Du spinnst doch, Lea!«, sagt Ina nur.

»Ach bitte, ohne dich schaff ich das nicht!«, bettel ich.

Ina stöhnt auf und schwingt sich auf die Mauer. Beinebaumelnd schaut sie mich an. »Ich weiß, was du dir einmal in den Kopf gesetzt hast, setzt du auch durch.«

»Eben!«, sage ich. »Ich machs eh und mit dir ist es nun mal leichter.«

»Und wenn er Nein sagt?«

»Dann denk ich mir was anderes aus«, sage ich und zucke möglichst gelassen mit den Schultern.

»Also gut, dann frag ihn, aber ich sage dir noch einmal: Ich halte diese ganze Aktion für eine Schnapsidee und du solltest dich lieber in Typen unseres Alters verknallen und nicht in einen Lehrer. Das ist doch völlig aussichtslos und durchgeknallt ...«

Ja ja, denke ich, das hast du schon öfter gesagt. Ich sage aber nichts, sondern umarme meine beste Freundin, denn ich freue mich wirklich, dass sie mitkommt.

»Ich wusste, dass ich mit dir rechnen kann!«

Sofort flitze ich ins Schulgebäude. Vor dem Lehrerzimmer bleibe ich stehen. Ich hole tief Luft und klopfe.

Ausgerechnet unser bescheuerter Mathelehrer öffnet die Tür.
»Na Lea, was gibts?«
»Ja, äh ... also, ich muss Herrn Göttling etwas fragen.« Jetzt ist es raus und es gibt kein Zurück mehr!
Der Mathelehrer dreht den Kopf nach hinten und ruft mit seiner durchdringenden Stimme: »Herr Göttling, sie werden verlangt!«
Plötzlich werde ich schrecklich aufgeregt. Ich werde abwechselnd käseweiß und knallrot. Wenn ich jetzt nicht die richtigen Worte finde, kann ich mir die ganze Aktion abschminken!

Ich werde abwechselnd käseweiß und knallrot

»Hallo, Lea, was ist?«
Da steht Herr Göttling tatsächlich direkt vor mir und schaut mich lächelnd an. Ich versuche mich an meinen so oft geübten Text zu erinnern.
»Ja, hallo, Herr Göttling. Also, meine Freundin Ina und ich, wir würden sehr gerne morgen am Wandertag mit Ihnen mitkommen, denn ... also ... wir interessieren uns sehr für Minnesang und würden daher gerne zur Ausstellung ins Schloss mitgehen.« Puh, geschafft!
»So? Ihr interessiert euch für Minnesang? Das ist ja schön. Aber kennt ihr denn jemanden aus meiner Klasse?«
»Nein, ja, nein, also doch ...«
Blödes Gestotter! Der denkt doch, ich spinne! »Raphael«, fällt mir in letzter Sekunde ein. »Wir kennen Raphael. Er ist der Bruder eines Klassenkameraden.«
»So? Den Raphael«, sagt Herr Göttling lächelnd.

Oh Gott, jetzt denkt der doch hoffentlich nicht, dass ich in den verknallt bin! Ausgerechnet! Tommi stöhnt immer über seinen langweiligen Bruder. Der würde so viele Bücher im Kopf haben, dass es ihm schon aus dem Mund und aus den Ohren staubt.

»Ja, also, was ist nun, dürfen wir mit?«, versuche ich das Gespräch auf die einzig wichtige Frage zurückzulenken.

»Wenn eure Lehrerin einverstanden ist, habe ich nichts dagegen«, antwortet Herr Göttling.

Mein Herz macht riesige Hüpfer, am liebsten würde ich ihm jetzt um den Hals fallen, aber ich kann mich in solchen Dingen gut beherrschen.

»Danke! Sie weiß schon Bescheid. Sie hat es uns erlaubt.«

»Na, dann seid morgen um acht Uhr an der Bushaltestelle vor der Schule. Bis dann.« Herr Göttling geht wieder zurück ins Lehrerzimmer. Mir ist ganz schwindelig. Er hat gelächelt bei seinem letzten Satz. Er freut sich, dass ich mitkomme! Da bin ich mir ganz sicher! Oh Gott, ist das alles aufregend!

Zu Hause 15.50 Uhr

»Welche soll ich anziehen?«

»Nimm die Schwarze.«

»Ist die nicht zu schwarz?«

»Wenn sie dir zu schwarz ist, nimm die Jeans.«

»Die ist doch langweilig, meinst du nicht?« Ina stöhnt.

»Jetzt stöhn nicht! Im Italienurlaub hab ich mir deinen ganzen Fabio-Kram auch stundenlang angehört.«

»Ich stöhne, weil ich dir bei der Klamottenwahl helfen soll, du dir aber nichts sagen lässt. Nimm die Schwarze. Die macht schlank und passt besser zu deinem neuen Pulli.«
»Okay, okay, du hast Recht. Ich hab nur Sorge, dass es dann ein bisschen nach Beerdigung aussieht.«
»Quatsch, der Pulli ist doch quietschbunt.«
»Findest du ihn zu bunt?«
»Nein, ich finde ihn schön bunt.«
»Was ziehst du denn morgen an?«
»Weiß noch nicht.«
»Was? Du weißt noch nicht, was du anziehst?«
»Na hör mal, ich bin da in niemanden verknallt. Mein Liebster hockt in Italien und es ist völlig schnuppe, wie ich morgen aussehe.«
Jetzt muss ich nur noch die Sache mit dem Minnesang beichten: Das wird nicht einfach.

»Bist du irre? Ich weiß nicht mal, was das ist!«

»Du Ina.«
»Ja?«
»Hab ich dir schon gesagt, wie ich Herrn Göttling dazu gebracht habe, dass wir mit ihm mitdürfen?«, beginne ich möglichst harmlos.
»Du hast ihm für jede Pause eine Fußmassage versprochen«, witzelt Ina.
»Sehr witzig! Nein. Ich habe ihm gesagt, dass wir sehr an Minnesang interessiert seien.«
»Bist du irre? Ich weiß nicht mal, was das ist!«

»Ich auch nicht, aber wir haben ja noch ein paar Stunden Zeit«, flöte ich überfreundlich.
Doch Ina ist stinksauer. »Du glaubst doch wohl nicht, dass ich den Rest des Nachmittags über langweiligen Büchern hängen werde.«
Ich versteh Ina nur zu gut, aber es gibt keinen Ausweg. »Aber wenn wir morgen keine Ahnung von Minnesang haben, fliegt unsere Lüge auf und das wäre schrecklich.«
»Deine Lüge, nicht unsere«, schnaubt Ina.
»Okay, du kriegst als Entschädigung für zwei Wochen meinen Discman.«
Das hat gesessen! Ina willigt ein. Ich hole alle Lexika, die wir im Haus haben, und los gehts. Die Gedichte und Lieder der Minnesänger sind mehr als gewöhnungsbedürftig! Kein Wunder, die Sprache ist ja auch uralt – aus dem Mittelalter. Immerhin geht es um die Sehnsucht nach Liebe. Das macht die Paukerei etwas erträglicher. Wir lernen ein paar Namen und Daten auswendig und Ina geht früher als gewöhnlich. Schließlich will ich früh ins Bett, um morgen topfit zu sein.

Bushaltestelle, Mittwoch, 7.50 Uhr

Eigentlich ist es ja völlig uncool, zu früh zu sein, aber das ist mir heute egal. Hoffentlich kommt Ina nicht so spät, es ist mir peinlich, hier so alleine rumzustehen. Besser ich stelle mich ein bisschen abseits, hab keine Lust, dass die anderen mich blöde anquatschen, weil ich in der falschen Gruppe stehe oder so.
Schon von weitem sehe ich, wie Herr Göttling aus seinem Auto steigt, es abschließt und auf seine Schüler zugeht.

»Guten Morgen, Sportsfreunde«, begrüßt er sie. Ich beobachte die Szene und kriege tierisches Herzklopfen, als er plötzlich auf mich zukommt.
»Ah, unser junger Gast ist auch schon da. Wo ist denn deine Freundin?«
»Sie kommt gleich«, antworte ich und strahle ihn mit meinem charmantesten Lächeln an.
Beste Freundinnen kommen immer im richtigen Moment! Kaum ist Ina da, ruft Herr Göttling laut: »Alle mal herhören! Wir haben heute Gäste. Das sind Lea und Ina. Sie machen unseren Ausflug mit, weil sie sich für Minnesang interessieren.«
So ein Rothaariger, ich glaube, Toni heißt er, ruft: »Sind die bescheuert, oder was?«
Zwei Mädchen kichern laut los, andere murmeln irgendwas Unverständliches. Zum Glück fährt in dem Moment der Bus vor. Ina und ich setzen uns gleich in die zweite Reihe hinter Herrn Göttling.
Und kaum sind wir losgefahren, dreht er sich auch schon um.
»Na, jetzt muss ich schon mal fragen. Woher kommt eure Liebe zum Minnesang?«
Okay, jetzt gehts um die Wurst. »Meine Mutter hat einige CDs aus dem Mittelalter. Ich bin also mit dieser Musik groß geworden«, lüge ich.
Herr Göttling schaut leicht irritiert. »Deine Mutter hat CDs aus dem Mittelalter? Die müssen ja sehr wertvoll sein.«
Ina kommt mir zu Hilfe. »Die CDs sind natürlich nicht aus dem Mittelalter. Leas Mutter hat Lieder von Walther von der Vogelweide auf CD. Ein bisschen komisch manchmal, aber sehr romantisch.«
Ich nicke zustimmend und versuche, möglichst wissend auszusehen. Zum

Glück wird Herr Göttling in dem Moment von einem Schüler vereinnahmt und Ina und ich können uns zurücklehnen.
»Danke«, flüstere ich ihr ins Ohr. »Ohne dich wäre das jetzt eine Katastrophe geworden.«

Unauffällig beobachte ich, wie Herr Göttling mit seinen Schülern umgeht. Sein Lachen ist so süß! Er ist immer so nett! Kein Wunder, dass er so beliebt ist! Er sieht sogar von hinten gut aus. Wie sich seine Haare in seinem Nacken kräuseln … und diese breiten Schultern …

»Glotz nicht so«, raunzt Ina mir ins Ohr und ich zucke erschrocken zusammen. »Auffälliger gehts wohl nicht.«
»Ja, ja … Hast du zum Ausgleich wenigstens was Leckeres mit?«
Wir packen unser ganzes Frühstück aus und ich bin erst einmal abgelenkt.

Minnesang-Ausstellung, Mittwoch, 10.00 Uhr

Die Ausstellung ist wirklich sehr, sehr langweilig. Aber das ist mir egal, ich genieße die Nähe von Herrn Göttling. Natürlich tue ich die ganze Zeit so, als würde ich mir den ganzen Kram interessiert anschauen. Die meisten Schüler laufen schnell durch die Räume und fragen dann Herrn Göttling um Erlaubnis, im Schlosspark warten zu dürfen. Nur Ina, Raphael, der strebsame Bruder von Tommi, Herr Göttling und ich sind noch drinnen.
Herr Göttling betrachtet gerade ein romantisches Bild: Ein Minnesänger spielt seiner Liebsten unter ihrem Fenster ein Lied. Na, wenn das jetzt

nicht die Gelegenheit ist. Ich nehme all meinen Mut zusammen und schlendere zu ihm.

»Wissen Sie, was ich am Minnesang so schön finde?«, frage ich ihn.

»Nein, sag es mir.«

»Dass er so romantisch ist«, sage ich und werde rot. »Ja, also, ich meine, es ist doch eine schöne Vorstellung, wenn … oder?«

»Ja, das stimmt, es ist eine sehr romantische Vorstellung, wenn meine

Jungs verstehen: leicht gemacht

Das sagt er: »Ist das eine neue Jeans?«

Das verstehst du: »Du siehst in dieser Hose total doof aus!«

Das meint er: »Es ist mir aufgefallen, dass du eine coole neue Jeans trägst.«

Das sagt er: »Hast du die Deutsch-Hausaufgabe kapiert?«

Das verstehst du: »Kannst du mir bitte die Hausaufgaben erklären.«

Das meint er: »Ich will von dir abschreiben und sonst gar nix!«

Liebste mir unter meinem Fenster ein selbst gedichtetes Liebeslied singen würde«, sagt Herr Göttling lächelnd.
Meine Knie werden weich. Was hat er da eben gesagt? Das kann nicht sein! Er liebt mich! Wieso sonst würde er das jetzt sagen! Mein Herz schlägt Purzelbäume.
Gemeinsam betrachten wir wieder die Zeichnung.
»Leider kann ich kein Instrument, sonst würde ich es tun«, sage ich.

Einfach lesen, checken - und lachen ...

Das sagt er: »Kommst du heute Nachmittag mit zum Schwimmen?«
Das verstehst du: »Ich find dich nett und will dich kennen lernen.«
Das meint er: »Ich will doch nur deinen klasse Body abchecken ...«

Das sagt er: »Ich will jetzt nicht reden!«
Das verstehst du: »Lass mich in Ruhe, du nervst tierisch!«
Das meint er: »Ich will jetzt NICHT REDEN –
es hat aber nichts mit dir zu tun.«

»Was würdest du tun?«
»Ich würde Ihnen ein Lied unter Ihrem Fenster singen.«
Stille! Ich bin selber von meinem Mut völlig überrascht.
»Na«, sagt Herr Göttling schließlich nach einer langen Pause. »Dann wirds ja Zeit, dass du ein Instrument lernst.«
»Herr Göttling«, ertönt plötzlich Raphaels Stimme aus einer anderen Ecke des Raumes. »Schauen Sie mal.«
Und viel zu schnell ist er weg. Mist! Gerade im spannendsten Augenblick!
Ina kommt auf mich zu. »Komm jetzt, Lea, ich langweile mich zu Tode. Ich will raus hier!«
»Geh ruhig schon mal, aber nimm diesen Raphael mit. Ich muss unbedingt mit Herrn Göttling noch mal allein sein.«
Ina verdreht die Augen. »Oh nein, tu mir das nicht an! Der labert mir das Ohr wund über Walther von der Vogelweide und seine Liebeslyrik. Der ist kurz davor, vor mir auf die Knie zu fallen und unverständliche, altdeutsche Liebesschnulzen zu trällern.«
»Ina, bitte, nur noch diese eine Mal. Bitte, bitte, bitte.« Dabei setze ich meinen allerliebsten Dackelblick auf, mit dem ich sogar meinen Vater um den kleinen Finger wickeln kann.
Ina stöhnt.
Ich schau sie noch eindringlicher an.
»Naaa gut«, gibt sie schließlich auf und zockelt zu Raphael rüber. Herr Göttling sitzt inzwischen in einem schwarzen Ledersessel. Er hat sich einen Kopfhörer aufgesetzt und lauscht mit geschlossenen Augen. Ich

setze mich in den Sessel direkt gegenüber. Das finde ich taktisch besonders klug, denn würde ich mich neben ihn setzen, wäre das zu aufdringlich, würde ich ganz woanders hingehen, könnte er glauben, ich sei nicht interessiert. So ist es optimal. Und dass man sich hier Lieder anhört, ist auch super, da muss ich mir nicht das Hirn für geistreiche Kommentare zermartern. Der Gesang ist wirklich sehr eigenartig. Herr Göttling hat noch immer die Augen geschlossen und auf seinen Lippen liegt ein leichtes, zartes Lächeln. Hoffentlich öffnet er jetzt nicht die Augen, es ist schön, ihn so unbemerkt betrachten zu können. Er ist wirklich ein schöner Mann, seine kurzen Locken kringeln sich um seine Ohrläppchen, seine Nase hat genau die richtige Größe und sein Mund ist so sinnlich. Es muss ein wunderbares Gefühl sein, von ihm in die Arme genommen zu werden. Er sieht so stark aus … Ach wenn es doch nur schon so weit wäre …

Schnell senke ich meinen Blick, denn Herr Göttling hat sich bewegt und die Augen geöffnet. Jetzt schließe ich meine und lächle auch ein bisschen. Dabei versuche ich möglichst gelassen dazusitzen. Dann kann er mich in Ruhe betrachten. Außerdem sieht das cool aus, so in die Musik versunken zu sein, so ernsthaft …

Ist er in dich verknallt?

Du willst ganz schnell wissen, ob es ihn erwischt hat?
Dann mach einfach unseren Love-Blitz-Test ...

Start

Der Süße hat deine Telefonnummer im Handy gespeichert.

NEIN → Sein Kumpel hat dich so ganz nebenbei gefragt, auf wen du denn zurzeit stehst.

- NEIN
- JA

JA → Er lässt zum dritten Mal seinen Stift fallen und sucht beim Aufheben Blickkontakt.

- NEIN
- JA

Er ignoriert dich und ist cool, wenn du in die Klasse kommst – sucht aber trotzdem deine Nähe.

NEIN → Dein Ergebnis: ★

JA → Dein Ergebnis: ★★

Er quatscht oft mit deiner besten Freundin und sogar mit deinem Bruder. Aber sobald du auftauchst, verschlägts ihm die Sprache.

NEIN → Dein Ergebnis: ★★★

JA → Dein Ergebnis: ★★★★

Wenn du in der Nähe bist, grinsen seine Kumpels viel sagend und flüstern ihm was ins Ohr …

NEIN → Dein Ergebnis: ★★★★

JA → Dein Ergebnis: ★★★★★

Auflösung ▸▸▸

Dein Ergebnis:

✪ Ehrlich gesagt, hat der Süße dich noch gar nicht wahrgenommen. Aber was nicht ist, kann ja noch werden ... Sei mutig und geh auf ihn zu. Du kannst sein Herz sicherlich entflammen.

✪ ✪ Okay, er hat dich offensichtlich gern. Aber mehr? Noch lässt er sich nicht in seine Liebeskarten schauen. Also, dranbleiben und pokern!

✪ ✪ ✪ Huijuijui – dein Schwarm zeigt eindeutige Symptome der »Ich bin verknallt«-Krankheit, und dagegen gibts keine Medizin. Also, einfach abwarten, er spricht dich 100 Pro an.

✪ ✪ ✪ ✪ Klarer Fall: Er ist verknallt in dich. Wenn er dich um eine Nachhilfestunde in Biologie bittet, sag nicht Nein. Dein Schwarm wartet nur darauf, dass ihr endlich mal alleine seid.

✪ ✪ ✪ ✪ ✪ Er ist bis über beide Ohren verknallt – ja, in dich! Also, nicht mehr zweifeln, sondern das Glück mit ihm genießen.

Als ich dann wage, vorsichtig ein Auge zu öffnen, ist der Platz leer! Das ist doch das Letzte! Womöglich ist er gleich gegangen, nachdem ich die Augen geschlossen habe, und ich habe die ganze Zeit hier alleine gesessen! Wie der Blitz haste ich nach draußen.

Kein Mensch zu sehen. Erst nachdem ich den halben Schlosspark durchmarschiert bin, sehe ich die eine Hälfte der Klasse im Schatten eines Baumes sitzen und quatschen. Ein paar andere sitzen beinebaumelnd auf der Schlossmauer und Herr Göttling spielt mit einer Gruppe Volleyball. Ina und Raphael sehe ich nirgends.

»Hey, Lea, da bist du ja, ich fürchtete schon, dass du im Sessel eingeschlafen bist«, ruft Herr Göttling freundlich zu mir rüber.

»Aber nein. Bei so einer Musik kann man doch nicht schlafen.«

»Nee, stimmt. Da kriegt man eher Ohrenkrebs von«, brüllt der rothaarige Toni und alle lachen.

»Ruhe! Nehmt euch lieber ein Beispiel an dieser jungen Dame. Hättet ihr alle so viel Interesse an meinen Themen, würde mir der Unterricht mit euch sogar Spaß machen.«

Mir fällt ein Stein vom Herzen. Ich habe es mir nicht eingebildet! Er ist nur gegangen, um mich nicht zu wecken. Er liebt mich! Völlig beglückt laufe ich die Schlossmauer weiter. Das muss ich unbedingt Ina erzählen.

Heimfahrt, Mittwoch, 12.30 Uhr

Im Bus sitzen Ina und ich wieder hinter Herrn Göttling.

Ina ist kaum zu bremsen. »Bin ich froh, dass es vorbei ist! Obwohl es mit Raphael sogar interessant war. Ich habe noch nie so viel gelernt wie an diesem Vormittag. Auf den ersten Blick ist er so ein stinklangweiliger Streber. Aber dann hab ich gemerkt, dass er richtig Humor hat, und er kann spannend erzählen.«

Ich gucke versonnen aus dem Fenster. Wie schön wäre es, wenn ich mit Herrn Göttling zusammenleben würde, dann könnten wir Tag für Tag gemeinsam an einem Tisch essen, nachmittags nebeneinander auf der Terrasse in der Hollywoodschaukel sitzen, vielleicht ab und zu mit unseren Kindern einen Ausflug machen und wir würden uns küssen, sooft wir wollen ... Fieberhaft denke ich darüber nach, wie ich mich gleich von ihm verabschieden soll. Vielleicht sollte ich ihm unmissverständlich meine Liebe gestehen? Oh nein, da ist schon die Schulstraße!

Wir steigen alle aus, und während ich noch über eine gute Abschiedsformulierung nachdenke, höre ich, wie Herr Göttling sich bereits verabschiedet, in sein Auto steigt und davonfährt, ohne mich noch einmal eines Blickes gewürdigt zu haben. Ina dampft auch sofort ab, weil sie vor Raphael flüchten will. Völlig verlassen stehe ich also vor dem Schulgebäude. Erst bin ich total enttäuscht, doch dann denke ich, dass es eigentlich logisch ist. Er als Lehrer darf natürlich nicht zeigen, dass er mich besonders toll findet. Bald wird es eine Möglichkeit geben, wo wir einander unsere Liebe gestehen können.

Der Nachmittag – zu Hause

Jetzt liege ich hier schon eine geschlagene Stunde bewegungslos auf dem Bett und bin von einem einzigen Gedanken getrieben: Soll ich ihn anrufen oder nicht? Das Telefon liegt neben mir auf dem Kopfkissen und ich habe bestimmt schon hundertmal seine Nummer gewählt, ohne freizuschalten. Ich würde ihn so gerne mal alleine treffen, nur wir zwei, ganz alleine …

Ich wähle …

… schalte frei …

»Göttling.«

»Hallo, Herr Göttling, hier ist Lea.«

Pause

»Ja, Lea, was gibts denn?«

Irgendwie klingt er nicht erfreut, eher gestresst, aber jetzt gibt es kein Zurück mehr.

»Ich wollte mal fragen, ob ich Sie mal treffen kann.«

»Worum geht es denn, Lea?«

Pause.

Mein Kopf fühlt sich völlig blutarm an und in meinen Ohren braust es.

»Das sage ich Ihnen dann.«

»Also gut, dann morgen, nach der sechsten Stunde vor dem Lehrerzimmer.«

»Ich bin da.«

»Ich auch. Bis morgen dann.«

»Ja, bis morgen.«

Noch nie war ich so aufgeregt! Ich werde früh schlafen gehen. Dann bin ich frisch und ausgeschlafen und die Zeit vergeht beim Schlafen wie im Flug.

Donnerstag – 13.00 Uhr – Schulende

Endlich der erlösende Gong!
»Na dann, viel Glück«, flüstert mir Ina zu.
»Danke«, sage ich und flitze zum Lehrerzimmer.
Da steht er schon und lächelt mir entgegen. Meine Knie werden ganz weich, mein Herz schlägt wie wild. Hoffentlich wird alles gut!
»Hallo, Lea.«
»Hallo, Herr Göttling. Schön, dass es geklappt hat.« Die Floskel kenne ich aus dem Fernsehen. Find ich irgendwie einen guten Anfang.
»Ich würde mit dir gerne in ein Klassenzimmer gehen, dort können wir ungestört reden.«
Ich halts nicht aus. Mein Herz rast jetzt so schnell, dass ich Atemnot bekomme. Tief durchatmen. Ich laufe neben Herrn Göttling her und mir fällt mal wieder nichts Geistreiches ein. Macht nichts, er sagt ja auch nichts. Liebende verstehen einander auch ohne Worte. Trotzdem. Irgendwie komme ich mir so vor, als hätte ich was ausgefressen, wie ich da so neben ihm herlaufe. Er läuft so schnell.

Im Klassenzimmer setzt er sich auf einen Stuhl, schiebt einen vor sich und bittet mich, ihm gegenüber Platz zu nehmen. Er wirkt sehr ernst. Gar nicht fröhlich oder frisch verliebt. Das fühlt sich nicht gut an. Ich schlucke.
»Also Lea, dann mal raus mit der Sprache.«

Hundert Sätze habe ich mir ausgedacht, aus Büchern und Filmen habe ich sie mir rausgesucht, die schönsten auswendig gelernt und jetzt, im entscheidenden Augenblick, will mir kein einziger einfallen. Es ist zum Verzweifeln!
»Ich liebe Sie«, sage ich also schlicht und ergreifend. Dieser einfache Satz war garantiert nicht in meinem Repertoire.
Herr Göttling schaut mich mit großen Augen an. Er räuspert sich und setzt sich aufrecht hin. Wenn er jetzt nicht gleich was sagt, falle ich tot um!
»Lea, du bist ein sehr nettes Mädchen. Ich mag dich wirklich gerne, aber …« Jetzt macht er eine Pause und ich muss mich beherrschen, nicht schreiend nach draußen zu rennen.
»… mehr auch nicht, Lea. Ich bin verheiratet, meine Frau heißt Antonia und wir leben seit sieben Jahren glücklich zusammen.«
Er macht wieder eine Pause, lächelt mich freundlich an und beugt sich zu mir nach vorne. Ich merke, wie alles um mich herum verschwimmt. Nichts wünsche ich mir sehnlicher, als dass sich jetzt ein Loch vor mir auftut und ich dort für immer und ewig verschwinden könnte ... Ich werde knallrot. In meinen Ohren rauscht es. Herr Göttling spricht weiter, irgendwas von Verbot, Lehrer dürften gar nicht mit Schülern

zusammen sein, und dass ich sehr hübsch sei und mich bestimmt bald in einen Gleichaltrigen verlieben würde. Ich höre ihm nicht zu, ich will nur noch raus hier.
Endlich steht Herr Göttling auf und hält mir die Hand hin. Ich stehe auch auf und lege meine Hand in seine. »Auf Wiedersehen«, sage ich völlig leidenschaftslos und halte den Kopf gesenkt. Es ist mir zu peinlich, ihm jemals wieder in die Augen zu schauen. »Auf Wiedersehen, Lea.«
Ich lass mich von ihm rausführen und gehe zur Bushaltestelle. Zum Glück sind alle schon weg. Der 13-Uhr-Bus wäre mir jetzt zu voll gewesen. Ich setze mich auf die Bank. Noch nie in meinem ganzen Leben habe ich mich so elend gefühlt. Die Tränen schießen mir in die Augen. Ich kann mich doch nie mehr in der Schule blicken lassen. Das ist so schrecklich peinlich. Und ich hatte mir das Leben mit ihm schon so schön vorgestellt. Er ist glücklich mit seiner Frau. Bei dem Gedanken wird mir richtig übel. Mein Leben kommt mir auf einmal so leer vor. Wie ein kahler, grauer Raum. Wie lang dauert so ein Zustand?
Ich fühle mich schrecklich, einsam und wertlos …

TIPP

Erste Hilfe bei Liebeskummer

1. Lass deine Gefühle raus: Weine, schreie und schimpfe ruhig. Danach gehts dir besser.

2. Ruf deine Freundin an! Sie kann dich ganz fest in den Arm nehmen und am besten trösten.

3. Stecks weg! Stopfe alle Erinnerungen an deinen Freund in eine Kiste. Noch schmerzen Fotos zu sehr.

4. Iss was! Verdrück eine Portion von deinem Lieblingseis oder eine Tafel Schokolade – lecker!!!

5. Mach dich schön! Das ist Balsam für deine Seele. Danach kannst du dein Spiegelbild wieder anlächeln.

6. Geh raus! Triff dich mit guten Freunden, auch wenn dir nicht danach ist. Spaß zu haben ist ganz leicht, du wirst sehen ...

Name: Tommi

Alter: 13

Sternzeichen: Schütze

Hobbys: Volleyball, Skaten, BMX

Was ich super finde: mit Freunden abhängen, Mädchen

Das ist für mich Horror: Hausaufgaben, langweilige Sonntage

Meine beste Eigenschaft: zu wenig Platz hier ;-)

Lieblingsbeschäftigung: Videospiele, v. a. Motocross (it's a men's world ...)

Das mag ich an Mädchen: ... but it's nothing without a woman!

Was ich nicht an Mädchen mag: wenn sie lästern

Das möchte ich später machen: irgendwas mit Sport oder was viel Kohle bringt

Tommi – Flirt oder Liebe?

Na toll! Als ich endlich aus der Schule komme, ist der Pausenhof bereits wie leer gefegt. Nicht eine Menschenseele hat auf mich gewartet. Nicht mal mein Bruder Raphael. Aber der ist ja in den letzten Tagen sowieso völlig neben der Kappe. Dabei würde ich ihm gern die Story vom Müffling erzählen.

»Tommi! Du kommst nach Schulschluss zu mir ins Lehrerzimmer«, hat Herr Müffling gebellt und sein orangefarbener Schnauzbart hat dabei vor Wut richtig gezittert. Sein Gesicht ist knallrot angelaufen und hat farblich überhaupt nicht mehr zu seinen Haaren gepasst. Dabei habe ich ihn nur darauf aufmerksam gemacht, dass sein Hosenstall offen steht. War doch eigentlich nett von mir, oder? Die Klasse hat natürlich gebrüllt vor Lachen.

»Wenn du dich unbedingt amüsieren willst, dann nicht über mich«, hat er mich später im Lehrerzimmer gewarnt und mich mit seinen wässrigen blauen Augen fixiert. »Sollte so was noch mal vorkommen, dann habe ich hier einen sehr heiteren, lateinischen Text. Den kannst du gerne übersetzen, wenn du was zum Lachen brauchst.«

Miese Kröte! Damit hat er mich natürlich sofort kleingekriegt. Meine Eltern wollen nämlich am Wochenende zu Oma reisen, aber ich will nicht mit!

Im Gegenteil: Raphael und ich wollen heimlich eine Party schmeißen. Deswegen ist zurzeit eher die Musterknaben-Nummer angesagt, damit sie uns erlauben, alleine zu Hause zu bleiben. Da kann ich alles gebrauchen, nur keine Strafarbeit. Klasse! Auf dem Parkplatz ist ja noch Dani. Sie wartet wahrscheinlich auf ihre Mutter, die wie immer zu spät kommt.

»He, Tommi! Was machst du denn noch hier?«, ruft sie mir zu und zieht ganz ungeniert an einer Zigarette. Sie hat nicht mal Schiss, dass ihre Mutter sie erwischt, geschweige denn ein Lehrer. Dani ist echt krass.

»Du weißt doch, der Müffling.«

»Ach so! Klar. Was machst du heute Nachmittag?«

»Weiß noch nicht. Ich muss wahrscheinlich lernen. Wir schreiben doch morgen 'ne Mathe-Ex. Und ich muss meine Eltern beeindrucken. Sonst muss ich noch mit zu meiner Oma und die Party fällt ins Wasser.«

Ein Smart biegt mit quietschenden Reifen in den Hof ein. Schnell schmeißt Dani ihre Kippe weg und springt auf.

»Ne Mathe-Ex? Scheiße, das hab ich ja gar nicht mitgekriegt. Also ciao.«

Dani springt zu ihrer Mutter ins Auto, und schon sind sie weg.

Komisch eigentlich, dass zwischen mir und Dani noch nie was gelaufen ist. Schließlich war sie schon mit so vielen zusammen. Mal ging sie drei Wochen mit Fabian, dann eine Woche mit Momo. Und auf dem Schulfest hat sie mit irgend so einem aus der Achten rumgeknutscht. Sie sieht einfach richtig gut aus und ist echt sexy. Mal sehen, was die Party so bringt. Vielleicht kann ja diesmal ich bei ihr landen.

Facts!

61 % aller Jungs stehen auf Mädchen in sexy Outfits!

33 % aller Jungs wünschen sich mehr zärtliche Kuschelstunden mit ihrer Liebsten. Diesen Wunsch erfüllen wir ihnen doch gerne!

53 % Angst, ihr Penis könnte zu klein sein, haben 53 % aller Jungs! Na, wenn die keine anderen Sorgen haben ...

68 % der Jungs würden gerne mal eine Nacht mit einer schönen Unbekannten verbringen – fragt sich nur, ob SIE das auch möchte!

89 % Ganze 89 % der Jungs verwechseln das Schwimmbad mit einer Toilette und pinkeln ungeniert ins Becken – igittigitt!

76 % aller Jungs finden es cool, wenn das Mädchen den ersten Schritt macht!

Als ich an die Bushaltestelle komme, treffe ich Lea. Das ist eine echt Süße aus meiner Klasse, aber viel zu tun hatte ich mit ihr noch nie. Die geht halt nicht so einfach auf einen zu, um die müsste man sich schon richtig bemühen. Aber gefallen würde sie mir schon.

Keine Ahnung, warum Lea heute auch so spät dran ist. Sie hat ganz verquollene Augen und schnieft furchtbar herum. Als ich mich neben sie setze, stopft sie hektisch Taschentücher in die Hosentasche.

»Hast du Heuschnupfen oder sind das Tränen der Freude, weil du mich siehst?«, frage ich sie mit einem – meiner Meinung nach – umwerfend charmanten Lächeln. Gar nicht so schlecht für einen ersten Annäherungsversuch. Aber Lea scheint anderer Meinung zu sein.

»Du bist blöd, Tommi. Lass mich einfach in Ruhe.«

»Wie soll das gehen?« Ich blicke Lea ein wenig spöttisch in die Augen. Hübsch sind die, braun wie Nutella und sie glänzen unter dem Tränenschleier. »Ich soll mich einfach neben jemanden setzen, der sich gerade in Salzwasser auflöst und so tun, als ob nichts wäre?«

Lea blickt mich erstaunt an. Bingo! Und schon habe ich einen Fuß in der Tür. Ich stehe auf und begrüße sie ein zweites Mal.

»Oh, hallo, Lea, schöner Tag heute«, flöte ich übertrieben freundlich. »Ich glaube, du hast eine Allergie gegen deinen Schminkstift, deine Augen sind ganz entzündet! – So besser?«

Aber Lea bleibt mit hängenden Schultern zusammengekauert sitzen. Langsam bekomme ich glatt Mitleid mit ihr. Ihr Gesicht ist ganz blass und ihre sonst so fröhlich schwingenden, braunen Locken passen heute gar nicht zu ihr. Ich überlege fieberhaft, was ich zu einem Mädchen wie Lea sagen könnte. Die üblichen Sprüche wie bei Neeltje oder Dani scheinen nicht zu ziehen, schon gar nicht in so einer Situation. Der Bus kommt. Mir bleiben nur vier kurze Stationen.

»Sag mir doch, was passiert ist, vielleicht kann ich dir ja helfen?«

»Keiner kann mir helfen«, antwortet sie knapp und starrt aus dem Fenster. Dann blickt sie mich feindselig an. »Und du schon gar nicht. Du weißt doch gar nicht, was ein Problem ist.«

Na gut, jetzt geht es also gegen mich. Aber Wut ist immer noch besser als Trauer. Damit lässt es sich leichter umgehen. Noch drei Stationen.

»Und du weißt, was ein Problem ist?«, versuche ich sie aus der Reserve zu locken.

»Zumindest besser als du. Alle Welt weiß, dass du auf den Gefühlen anderer nur herumtrampelst.«

Ach? Sie schafft es tatsächlich, mir einen Stich zu versetzen. Ich trampel auf Gefühlen herum? Wie kommt sie denn darauf? Nur weil meistens ich derjenige bin, der Schluss macht? Zeit, ihr mal eine andere Seite von mir zu zeigen.

Nur noch zwei Stationen.

»Und wer trampelt gerade auf deinen Gefühlen herum?«, frage ich.

Aber Lea fällt nicht darauf herein. »Das geht dich nichts an«, zischt sie und wendet sich endgültig von mir ab.

Oh, Mann, die ist ja echt 'ne harte Nuss. So hat mich noch kein Mädchen abblitzen lasen. Das trifft mich mehr als ich dachte.

Mist, die Nächste muss ich raus. Schnell ändere ich die Strategie. Wie selbstverständlich lege ich meinen Arm um sie und drücke sie ein bisschen an mich. Doch Lea bleibt steif wie ein Brett.

»He, lass mich!«

In dem Moment rast der Bus um die letzte Kurve und Lea wird unfreiwillig in meine Arme gedrückt.

»Es wird schon wieder«, flüstere ich so zärtlich wie möglich und meine es wirklich ehrlich. Dann lasse ich sie schnell wieder los, um nicht zu aufdringlich zu sein. Für mehr bleibt sowieso keine Zeit. Der Busfahrer bremst und zischend öffnen sich die Türen.

»Ich ruf dich an!«, sage ich noch und warte gespannt auf Leas Reaktion. Aber Lea blickt mich nur verwirrt an und scheint zu denken »Was will der Idiot von mir?«.

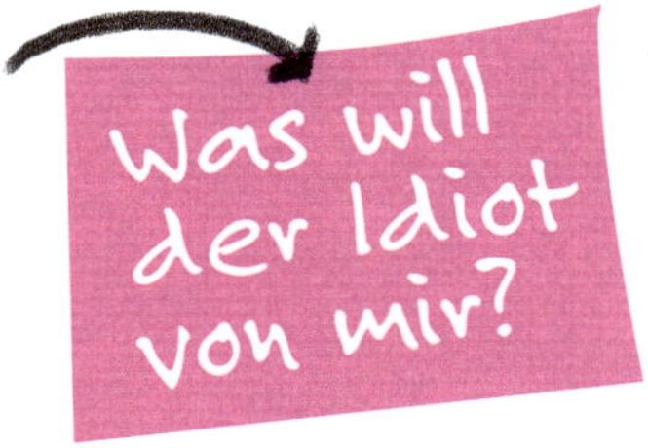

Ich schaue dem Bus nach. Was für eine seltsame Begegnung! Das ging ja gründlich in die Hose.

Am Nachmittag höre ich lange Musik und lungere auf meinem Bett herum. Das aufgeschlagene Mathebuch als Alibi vor mir, falls Mama hereinkommt.

Ich gehe kurz im Kopf durch, was ich noch alles für die Party erledigen muss. Wie viel Geld habe ich für Getränke und wer kann CDs mitbringen? Aber immer wieder driften meine Gedanken zu Lea ab. Sie geht mir überhaupt nicht mehr aus dem Kopf.

Komisch ist das schon: Vor 24 Stunden habe ich noch gar nicht groß an sie gedacht. Ich fand sie zwar schon immer ganz nett und auch ziemlich hübsch, aber seit heute Mittag im Bus hat es mich auf einmal richtig gepackt. Nur weil sie nicht so leicht zu kriegen ist? Ich wüsste einfach zu gerne, was mit ihr los war. Ob sie in jemanden unglücklich verliebt ist? Der Gedanke gefällt mir zwar nicht besonders, aber zumindest fällt sie mir nicht gleich um den Hals, wie Dani. Das reizt mich irgendwie.

Eigentlich habe ich ja gehofft, dass auf der Party was zwischen mir und Dani läuft. Sie ist meistens echt sexy angezogen, mit Minirock und bauchfreiem Top und so. Und dann hat sie ein Bauch-Piercing. Schon seit Tagen habe ich mir vorgestellt, wie es wohl auf der Party sein könnte. Wie ich mit Dani auf dem Sofa rumknutsche. Überall nur spärliche Beleuchtung und irgendeine softe Musik. Aber die Gedanken an Lea schieben sich immer mehr vor die Tagträumerei mit Dani.
Das mit ihr wäre auf jeden Fall was Ernsteres, da bin ich mir sicher. Zu ihr müsste ich richtig »ja« sagen. Sie würde sich sicher nur auf eine echte Beziehung einlassen. Vor Dani habe ich eigentlich nicht viel Respekt. Da bräuchte ich ja nur mit dem Finger zu schnippen. Mit Lea könnte ich mir vorstellen zu quatschen, zu lachen und zu knutschen. Aber Dani … außer beim Knutschen würde sie mich, glaube ich, ziemlich nerven.
Als dann auch noch »If she were here« läuft, beschließe ich, Lea anzurufen. Eigentlich dürfte es für mich kein großes Problem sein, sie ein bisschen in mich verliebt zu machen. Schließlich flirten alle Mädchen gerne mit mir.

Boy/Girl-Wörterbuch

Herzklopfen:

♀ Eindeutiges Zeichen dafür, dass sie bis über beide Ohren in ihn verliebt ist! Denkt sie an ihn, gibt es ein lautes Pochen in der Brust. Küsst er sie, hämmert das Herz auf Hochtouren. Wenn der Schnucki jetzt »Ich liebe dich« sagt, gibts ein Herz-Erdbeben ...

♂ Sein Puls schnellt auf 180, wenn 22 Jungs einem weißen Ball hinterherlaufen. Sieht er ein süßes Mädchen, wird ihm nur heiß.

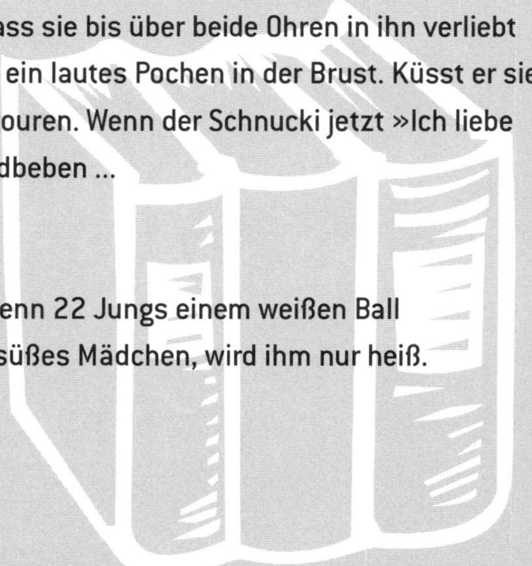

Seitensprung:

♀ Sie springt in den Pool, über einen Zaun und 100 Pro an die Decke, wenn sie herausfindet, dass ihr Freund auf die Seite gesprungen ist. Betrügen Mädels denn nicht?
Selten. Wenn doch, lassen sie sich nicht dabei erwischen.

♂ Küsst mitten auf einer Party fremd und wundert sich, dass seine Freundin sauer ist. Entschuldigt sich mit einfallsreichen Sätzen wie: ... Der Sprung ging wohl voll daneben.

Entschuldigung:

♀ Geschüttelt von Heulkrämpfen fällt sie auf die Knie, redet wie ein Wasserfall (wegen der Heulerei versteht er aber nichts) und setzt einen traurigen Hundeblick auf. Dann wirft sie sich ihm um den Hals und lässt ihn nie wieder los. Echt filmreif – aber es zieht immer!

♂ Locker-flockig kommt er auf sie zu: Kaugummi im Mund, Hände in den Hosentaschen, siegessicheres Lächeln – that's it! Okay, manchmal gibts auch Blumen, geklaut aus Nachbars Garten!

Lästern:

♀ Sie trifft sich mit ihren Freundinnen vor der Schule, gemeinsam checken sie die Mädels und Jungs ab. Looks und Benehmen der anderen werden kritisch beurteilt. Sie macht sich schließlich Gedanken um die Mitschüler. Und sie braucht das, um zu wissen, was so abgeht, und irgendwie fühlt sie sich danach besser: Das ist ja wohl kein Fehler!

♂ Er schwört, noch nie schlecht über andere geredet zu haben, erst recht nicht über die zickigen Mädels (hä?).
So etwas habe er nicht nötig (mmh ... ?). Lästern sei der absolute Mädchen-Kram (so, so ...). Aber das ist jetzt nicht lästern, oder was?

Anmachen:

♀ Sie will die Aufmerksamkeit eines Schwarms auf sich ziehen. Deshalb rennt sie an einem Abend zehnmal aufs Klo, lacht schrill und tuschelt mit ihrer Freundin. Schaut er sie endlich an, bekommt sie Herzklopfen und senkt beschämt den Blick. Steigerung: Sie verlässt den Raum. Ergebnis: Chance verpasst!

♂ Aufdringlicher Versuch, ein Mädchen kennen zu lernen. Er verwandelt sich in Superman und schwindelt ohne Ende. Oft kneift er seinem Objekt der Begierde auch nur in den Po und wundert sich, dass diese Anmache in einer Ohrfeige endet. Andere Jungs lächeln freundlich und landen damit einen Volltreffer.

Liebeskummer:

♀ Heulorgie um eine unglückliche Liebe. Sie zieht sich unter ihre Bettdecke zurück. Beste Tröster: Schokolade und Love-Songs.
Unbedingt notwendig: Extra-Pack Taschentücher und die beste Freundin. Der Ex wird dann gemeinsam beweint, verflucht und irgendwann vergessen. Gut so!

♂ Verletzte Eitelkeit durch sein Traummädchen. Zur Ablenkung zieht er mit seinen Kumpels um die Häuser, macht einen auf cool und flirtet mit Mädels, die er sonst nie beachtet hätte. Dann versucht er seine Ex zurückzuerobern und heult sich die Augen aus, weils jetzt zu spät ist. Selber schuld!

»Tommi, Telefon!«, ruft meine Mutter in dem Moment durchs Treppenhaus. Sofort pocht mein Herz heftig – vielleicht ist sie das? – und beruhigt sich sofort wieder – nein, Lea würde nie hier anrufen.
»Hi, Tommi«, quäkt mir Danis Stimme aus dem Hörer entgegen.

»Hi, Dani.«
»Du, wegen der Ex morgen, ich glaub, ich schaff das nicht. Ich schwänze einfach. Du sammelst doch immer die Entschuldigungen ein. Kannst du nicht einfach sagen, ich wäre entschuldigt?«
»Und wenn mich jemand fragt, was los ist?«
»Dann sag einfach, Tante Rosa ist zu Besuch.«
»Hä?«
Dani kichert.
»Das bedeutet, dass ich meine Tage habe!«, erklärt sie ungeniert. »Da fehle ich öfter, weil ich dann so fürchterliche Bauchkrämpfe habe.«
Peinlich! Jetzt denkt sie sicher, ich hätte keine Ahnung.
»Und – hast du sie nicht?«, versuche ich meine Unwissenheit zu überspielen. Aber im gleichen Moment ärgere ich mich, eine so doofe Frage gestellt zu haben. Wie schafft Dani es nur immer wieder, einen in intime Gespräche zu verwickeln, die kein Mensch führen will? Eigentlich interessiert es mich nicht die Bohne, ob sie ihre Tage hat oder nicht. Wahrscheinlich gibt sie eh bloß an und hat ihre Tage noch nie gehabt. Schließlich ist sie erst dreizehn.
»Natürlich hab ich sie nicht, ich habe bloß keinen Bock, schon wieder eine Fünf oder Sechs zu schreiben.«

»Müssen es denn deine Tage sein?«, frage ich unwillig. »Kann ich nicht was anderes sagen?«
»Wer ist denn da eigentlich dran?«, ruft meine Mutter neugierig aus der Küche. Klar, bei so einem Thema wird sie hellhörig.
»Also ich muss jetzt Schluss machen«, sage ich nun leiser. »Ich sag einfach, du hättest Migräne und ich hätte eine mündliche Entschuldigung von deiner Mutter, okay?«

»Ich bräuchte mal eben deine Hilfe«, sagt Mama später. »Ich würde gerne die Zugtickets fürs Wochenende übers Internet buchen und ausdrucken, geht das?«
»Klar, kein Problem.« Da helfe ich natürlich gerne. Bei dem Gedanken, dass meine Eltern bald weit weg bei Omi weilen, während Raphi und ich das Haus für uns alleine haben, kann ich meine Freude kaum verbergen und meine Hilfsbereitschaft wächst ins Unermessliche.
»Was grinst du denn so?«, erkundigt sich meine Mutter misstrauisch. Ratternd spuckt der Drucker die Bestätigung für zwei Tickets aus und der Party steht fast nichts mehr im Wege.
»Och, nur so, ich bin halt gut gelaunt.«
»Weil Papa und ich wegfahren? Du hast doch keinen Unsinn vor?«
»Doch!«, sage ich und ergreife die Flucht nach vorn. »Ich werde unser Haus verkaufen und von dem Geld dann eine super Weltreise machen. Ich muss eben noch mal kurz mit dem Reisebüro telefonieren.«

Tipp: Mach ihn an!

Hier die besten Flirt-Strategien

In der Schule:

Generell gilt beim Flirten: Sprich ihn erst an, wenn er alleine ist. In der Schule ist es zwar schwierig, aber möglich. Sag ihm, du hast gehört, dass er gut in Mathe ist, und wolltest ihn fragen, ob er dir was erklären kann.

In der Bibliothek:

Du hast ihn schon öfter in der Bibliothek interessiert in Büchern schmökern sehen? Na, dann check sein Interessengebiet, oute dich beim nächsten Mal auch als Leseratte und gib ihm deinen ganz persönlichen Buch-Tipp!

Im Bus:

Er fährt regelmäßig mit dir im Bus? Setz dich ihm gegenüber, schau ihm in die Augen und lächle ihn an! Versuch, einen Anknüpfungspunkt für ein Gespräch mit ihm zu finden: Du könntest ihn z. B. fragen, wo er zur Schule geht.

Auf der Party: Dir sticht auf einer Fete ein Junge ins Auge? Tanz in seiner Nähe, lächle ihn an! Wenn sich eine gute Gelegenheit bietet, frag ihn, ob er dir eine Cola besorgen könnte!

Beim Sport:

Wenn er ein Fußballer ist, besuch am Wochenende mit einer Freundin ein Spiel von ihm. Wenn du ihn beim nächsten Spiel alleine siehst, sag ihm, dass du das Spiel gesehen hast und dir sein Einsatz und seine Schnelligkeit sehr gut gefallen haben, und frag ihn, wie lange er schon spielt.

Und schon schnappe ich mir das Telefon und entziehe mich Mamas Fragerei. Jetzt will ich endlich Lea anrufen. Ich muss sie unbedingt auf die Party einladen. Sicherheitshalber nehme ich das Telefon mit auf mein Zimmer, damit Mama nicht wieder Rhabarberblätter an den Ohren wachsen. Ich hole die Klassenliste aus der Schublade. Noch nie habe ich bei ihr angerufen. Es macht mich richtig nervös, dass ich nicht weiß, wie sie auf mich reagieren wird. Bevor ich Leas Nummer wähle, übe ich, so cool und verführerisch wie möglich zu klingen. Doch dann die Pleite: Es meldet sich nur Leas Mutter.

»Kann ich Lea mal sprechen?«, frage ich sie.

»Die liegt im Bett, der gehts nicht so gut«, vertröstet sie mich.

Vielleicht weiß sie mehr.

»Was hat sie denn?«

»Keine Ahnung«, sagt sie und scheint auch ein bisschen ratlos zu sein. »Sie ist heimgekommen, hat mit niemandem gesprochen und sich gleich hingelegt. Sie hat nicht mal was gegessen. Du weißt auch nicht, ob in der Schule was vorgefallen ist?.«

» Nein«, sage ich und bin mir jetzt sicher. Sie hat bestimmt Liebeskummer. Wer kann das nur sein? Fabian, Momo, Tim?

»Können Sie ihr ausrichten, dass ich am Samstag um acht eine Party mache? Ich würde mich freuen, wenn sie kommt.«

Top Secret -
Was Jungs an Mädchen wirklich lieben!

Jungs verraten, was sie heiß macht, wann sie über Girls lachen und warum Mädchen was Wunderbares sind ...

»Ein Lächeln von ihr und der Tag ist perfekt.«
Wenn du ihn anlächelst, mag er es am liebsten, wenn du dabei deine Zähne strahlen lässt. Mit Zahnspange findet ers übrigens genauso umwerfend.

»Sie hat so wunderbar weiche Lippen.«
Küssen ist so schön, und wenn du ab und zu einen Lippenbalsam verwendest, würde er am liebsten gar nicht mehr aufhören mit Knutschen, Knabbern und Liebkosen. Volle, schmale, kleine oder große Lippen spielen dabei keine Rolle. Hauptsache, samtweich und lecker.

»Wenn sie Pizza, Pommes oder Pasta isst.«
Vergiss die halben Portionen im Lokal und achte nicht übertrieben auf deine Figur! Jungs sind verrückt nach Mädchen, die sich auch mal den Bauch voll schlagen! Essen zu zweit macht viel mehr Spaß und kann außerdem sehr sinnlich sein ...

»Sie sieht so sexy aus in meinem viel zu großen Schlabberpulli!«

Seine Klamotten – ein echter Geheimtipp! Du musst dich bei einem Videoabend nicht in ein hautenges Outfit schmeißen. Probiers mal mit seinem T-Shirt! Das findet er erotisch und der Film ist schnell vergessen ...

»Mädchen-Haare duften immer etwas nach Sommer.«

Nicht nur dein Duft verzaubert ihn, sondern auch, was du mit deinen Haaren ganz unbewusst anstellst: aufzwirbeln, in den Nacken schütteln, Strähnchen aus dem Gesicht pusten – so sexy!

»Klar, mach ich! Tschüss!«

Ich lege auf und bin richtig zufrieden mit mir. Ein wohliges, warmes Gefühl breitet sich in mir aus. Ich lege mich aufs Bett und fange an zu träumen: Wenn Lea kommt, erscheint mir die Party in einem ganz neuen Licht. Ich werde mir besonders viel Mühe geben, dass die Party ein richtiger Knüller wird.

Abends, beim Zähneputzen, sind meine Gedanken schon wieder bei Lea. Wenn sie nicht gerade heult, ist sie ein echt witziges, fröhliches Mädchen, das nicht auf den Mund gefallen ist. Warum ist sie mir vorher nie so aufgefallen? Meistens hängt sie mit Ina und Miri zusammen und hat mit Jungs nicht viel am Hut. Da fällt mir plötzlich ein, dass Lea und Ina am Wandertag mit Raphis Klasse mitgegangen sind. Ob das was mit Leas Liebeskummer zu tun hatte?

Schlagartig wird mir ganz anders. Ich stocke. Raphael ist auch schon seit Tagen so komisch. Sie wird doch nicht womöglich in Raphi …? Nachdenklich blicke ich auf meinen Bruder, der in der Badewanne liegt und stoppt, wie lange er unter Wasser bleiben kann. Nein, das kann nicht sein. Obwohl Raphi älter ist als ich, ist er – irgendwie – noch so kindisch und uninteressant, als Mann meine ich. Da fällt mir auf, dass Raphi schon richtig viel Haare unter den Achseln hat. Ob Lea ihn doch anziehend findet? Das wäre echt heftig, wenn ausgerechnet mein eigener Bruder … Aber Raphi ist eher besser drauf als sonst, das passt nicht zu Leas mieser Stimmung. Vielleicht ist ja auch Ina in jemanden aus

Raphis Klasse verknallt und Lea ist nur wegen ihr mitgegangen? Ina kommt mir in letzter Zeit sowieso ziemlich nervös vor. Der Gedanke beruhigt mich wieder etwas.

»Was ist? Was glotzt du mich so an?« Raphael taucht auf und fängt an, sich die Haare zu shampoonieren.

»Ähm …«

Ich muss wirklich ein komisches Bild abgeben, wie ich so mit Schaum vorm Mund vor der Wanne stehe und ihn anstarre.

»Ach nichts«, sage ich und spucke aus.

Als mich Papa am nächsten Morgen weckt, bin ich sofort hellwach. Und schon wandern meine Gedanken wieder zu Lea. Ob es ihr heute besser geht? Ich bin neugierig und freue mich wegen ihr richtig auf die Schule. Trotz Mathe-Ex. Wenn ich heute heimkomme, sind meine Eltern bereits abgereist. Am Nachmittag und morgen früh werde ich dann die Party vorbereiten.

In der Schule erkundigt sich unser Mathelehrer gleich nach Dani.

»Thomas, ist Daniela entschuldigt?«

»Ja ja«, stottere ich. »Sie hat einen Migräne-Anfall. Sie bringt eine Entschuldigung von ihrer Mutter nach.«

»Gut, dann fangen wir an. Alles, bis auf das Schreibzeug, von den Tischen!« Dann verteilt er die Ex. Ich schiele zu Lea rüber. Sie sieht immer noch ziemlich mitgenommen aus, macht sich aber konzentriert an die Arbeit. Sie hat mich heute noch kein bisschen beachtet. Vielleicht kann ich sie in der Pause auf mich aufmerksam machen.

»Hierher, Tommi!«, ruft Fabian und stellte sich in Fangposition. Ich genieße noch kurz den Augenblick, in dem Lea vor mir hochspringt, um ihr Käppi zu erreichen, das ich am ausgestreckten Arm in die Luft halte.
»Tja, Lea, da fehlen wohl noch ein paar Zentimeter«, grinse ich sie an. Dann hole ich aus und werfe das Käppi wie eine Frisbee-Scheibe quer über den Pausenhof zu Fabian.

»Blödmann«, knurrt Lea und rennt los. Immerhin hat sie mich jetzt wahrgenommen.

»Hol's Mützchen«, ruft Momo ihr wie einem spielenden Hund hinterher und biegt sich vor Lachen. Dann klatscht er in die Hände.
»Zu mir, Fabi, zu mir!«

Ina zieht an Fabians Hand. »Lasst sie gefälligst in Ruhe, ihr Idioten«, versucht sie Lea beizustehen. Aber Fabi wirft das Käppi weiter zu Momo. Übertrieben eifrig hechtet der nach dem fliegenden Käppi. Schon ewig ist Momo in Ina verschossen. Wahrscheinlich hofft er, dass sie jetzt an ihm zerrt.
»Respekt, Momo! Voller Körpereinsatz!«, rufe ich ihm zu.
Schnell ändert Lea die Laufrichtung. Plötzlich ist sie in der Flugbahn und schnappt sich kurz vor Momos Nase das Käppi aus der Luft.
»Tja, vielleicht solltest du lieber mehr Gehirn als Körper einsetzen«, ruft Ina Momo triumphierend zu. Lea nimmt schleunigst Reißaus. Das ist meine Chance. Eilig setze ich ihr nach. Sie ist so süß, wenn sie vor Ärger rote Bäckchen bekommt. Hinter dem A-Bau hole ich sie endlich ein. Ich erwische sie am Sweatshirt und ziehe sie auf den Rasen.

»Lass mich los! Was soll das, du Idiot?«, keucht sie. »Wenn du mich nicht loslässt, rufe ich ganz laut: Tommi Schubert versucht mich zu küssen!«
Sofort lasse ich los. Nicht, weil ich Schiss hätte, aber mir wird plötzlich klar, dass ich mit Lea nicht so umgehen will, wie mit anderen Mädchen. Lea guckt mich überrascht an. Damit hat sie anscheinend nicht gerechnet.
»Und wenn ichs tatsächlich versucht hätte?«, frage ich sie schelmisch und hätte es auch am liebsten sofort in die Tat umgesetzt. Lea steht auf und schüttelt sich das Gras aus den Locken. Überrascht mustert sie mich. Anscheinend kapiert sie langsam, dass ich sie echt mag. Immerhin ist sie nur erstaunt und nicht erschrocken.
»Dann wäre ich morgen nicht zu deiner Party gekommen!«
Treffer – versenkt! Bis jetzt war sie so sehr mit ihrem eigenen Kummer beschäftigt, dass sie nichts anderes mehr gesehen hat. Aber jetzt hat sie anscheinend kapiert, um was es mir geht.
»Du kommst also?«
»Jaa«, sagt sie gedehnt. Da gongt es. Schweigend machen wir uns auf den Weg zurück in die Klasse.
»Und dann erzählst du mir auch, was gestern mit dir los war?«, frage ich vorsichtig.
»Ich glaube nicht, dass ich mit dir darüber sprechen will«, sagt Lea nur.
Na gut – immerhin kommt sie zur Party und dann hab ich die nächste Chance.

Name: Dani

Alter: 13

Sternzeichen: Fisch, Affe (chinesisches Horoskop)

Hobbys: Musik hören, zeichnen, Klamotten umnähen

Was ich super finde: Pink, Robbie Williams, Tommi

Das ist für mich Horror: allein sein

Meine beste Eigenschaft: mein Aussehen

Lieblingsbeschäftigung: shoppen

Das mag ich an Jungen: wenn sie mir Komplimente machen und gut küssen können

Was ich nicht an Jungen mag: wenn sie nicht auf mich stehen

Das möchte ich später machen: berühmt werden, heiraten und Kinder kriegen

Dani überschätzt sich

Hey Mann, es ist ja schon halb zehn! Verschlafen blinzle ich auf den Wecker. Die anderen haben gerade große Pause und ich wach jetzt erst auf. Ich muss fast zwölf Stunden gepennt haben!
Stöhnend rolle ich mich aus dem Bett und schleppe mich ins Bad. Aus dem Spiegel blickt mir eine Art Zombie entgegen. Kein Wunder, dass Mum mir sofort abgenommen hat, dass ich krank bin. Ich seh ja wirklich übel aus. Gestern Abend war ich zu faul, mich abzuschminken, und jetzt bin ich ganz schwarz um die Augen. Die muss ja gedacht haben, ich kratz gleich ab. Ein Wunder, dass sie nicht den Notarzt geholt hat. Ich tunke einen Wattebausch in Creme und schmiere mir damit übers Gesicht. So wie ich aussehe, hätte sich Mum ruhig mal ein bisschen mehr Sorgen um mich machen können, anstatt gleich in die Arbeit abzuzischen. Manchmal wünsche ich mir schon eine Mutter, die zu Hause bleibt, wenn ich krank bin, die mich in eine dicke Decke einmümmelt und mir Tee und Suppe ans Bett bringt. Mein Vater hat meine Mutter verlassen, als ich noch ganz klein war. Seitdem haben wir nichts mehr von ihm gehört. Das Schlimmste daran ist, dass er Mum total versaut hat.

Wegen diesem Idioten will sie nämlich nie wieder was von Männern wissen. Sie sitzt nur frustriert herum, geht nie aus, hat nie einen Freund. Ich hab mir fest vorgenommen, nie so zu werden wie sie. Und ich hatte auch schon ein paar Mal einen Freund. Nichts Ernstes oder so, aber schon mit Knutschen und Fummeln.

Aber es hat auch Vorteile, dass ich mit Mum alleine bin und sie so viel arbeitet. Zum Beispiel kann ich jetzt gemütlich vor der Glotze frühstücken und nebenbei meine Fußnägel lackieren. Wenn das nicht besser ist, als bei Tee und Zwieback im Bett, dann weiß ich auch nicht ...

> Ich hab mir fest vorgenommen, nie so zu werden wie sie.

Die Mathe-Ex ist jetzt schon lange vorbei. Bin ich froh, dass der Kelch an mir vorübergegangen ist. Das hätte bestimmt wieder 'ne Fünf oder Sechs gegeben. In Mathe schnall ich ja zurzeit überhaupt nichts. Aber das tun bei uns die wenigsten. Außer so Streber wie die Miri.

Eigentlich könnte ich jetzt sogar langsam wieder in der Schule aufkreuzen. Nach der Pause haben wir eh nur noch Erdkunde und 'ne Doppelstunde Zeichnen. Da sitze ich sogar neben Tommi, seufz, der ist so süß. Aber ich hab trotzdem keinen Bock. Lieber switche ich mich hier noch ein bisschen durchs Vormittagsprogramm, während der Nagellack trocknet.

Über Tommi gehen bei uns die Meinungen ganz schön auseinander. Die einen finden ihn überheblich und blöd, die anderen einfach nur super. Ich gehöre zur letzteren Kategorie. Wie kann man Tommi nur hässlich finden, das geht mir total am Verstand vorbei. Er sieht einfach supergut aus. Ein bisschen wie Tom Cruise. Er hat total schön geschwungene Augenbrauen und Lippen. Zum Knutschen! Die Lippen, meine ich. Ich glaube, die, die sagen, er sei blöd, finden ihn eigentlich auch echt gut. Aber weil sie wissen, dass sie keinerlei Chance bei ihm hätten, lästern sie über ihn. Ich glaube, ich hätte echt gute Chancen bei ihm. Wir sind sozusagen aus einem Holz geschnitzt. Am Samstag, also morgen, steigt bei ihm 'ne kleine Party, weil seine Eltern nicht da sind. Da werde ich ihn wohl mal ein bisschen anbaggern. Er ist nämlich grad solo. Ein echter Glücksfall, denn meistens hat er eine Freundin.

Ich werde ihn mal ein bisschen anbaggern!

In der Glotze läuft gerade 'ne spitze Klamottenwerbung von H&M. Da trägt eine ein T-Shirt, wie ich es auch schon lange haben will. Mit schulterfrei und Glitzer und so.
Hey, ich hab die Idee! Ich geh einfach in die Stadt und kauf mir das T-Shirt für die Party. Damit krieg ich Tommi hundertprozentig rum – nur was ist, wenn mich jemand in der Stadt sieht? Wo ich doch eigentlich todsterbenskrank bin? Ach was solls, es darf mich halt keiner erwischen. Und was soll auch schon groß passieren? Mum ist in der Arbeit, die Lehrer und die anderen Schüler in der Schule. Es kann mich also gar keiner sehen. So what?
Ich schminke mich schnell und ziehe den Jeans-Minirock an, dann kann ich gleich ausprobieren, wie das T-Shirt dazu aussieht. Das wird dann mein Outfit für die Party sein. Wenn ich an Tommi denke, kribbelt es mir richtig im Bauch. Wie er wohl küsst?

Ich schnappe mir Mums coolen Rucksack und klaue ihr noch ein paar Zigaretten aus der Küchenschublade. Hoffentlich merkt sie's nicht. Gestern, als mir Tommi nach der Schule über den Weg gelaufen ist, hab ich gerade eine geraucht. Wie der das wohl findet? Der raucht bestimmt nicht, zumal er ganz strenge Eltern hat. Dass er bei denen so normal geblieben ist, grenzt eigentlich an ein Wunder. Denn was dabei rauskommen kann, sieht man ja an seinem Bruder. Raphael ist echt ein bisschen verklemmt, dabei ist er sogar älter als Tommi! Als Mum mich aber dann abgeholt hat, musste ich die Kippe schnell wegschmeißen. Sie weiß zwar, dass ich ab und zu eine paffe, regt sich aber immer total auf.
»Du ruinierst dir deine Gesundheit! Wenn du einmal anfängst, kannst du nicht mehr aufhören, sei doch nicht so blöd ...« und so weiter. Die übliche Leier halt. Das konnte ich vor Tommi echt nicht brauchen. Hoffentlich hält er mich jetzt nicht für 'ne absolute Versagerin, weil ich mich nicht traue, vor meiner Mutter zu rauchen.

Die Luft ist rein. Ich kann mich also locker rausschleichen. Wehe, mir läuft jetzt unser beknackter Hausmeister über den Weg! Der ist so neugierig, der erzählt mit Sicherheit alles brühwarm meiner Mum. Der hat ja sonst nichts zu tun. Den ganzen Tag kehrt er ein bisschen in der Gegend rum und hat seine Augen überall.
Erst als ich im Bus sitze, fühle ich mich sicherer. Statt zu stempeln, hebe ich mir lieber das Geld für was Besseres auf. Wenn eine Kontrolle kommt, erkenne ich das sowieso meilenweit und kann rechtzeitig aussteigen. Die haben immer so einen Kontrolletti-Ausdruck auf dem Ge-

sicht und kleine Leder-Handtäschchen am Handgelenk baumeln. Und tatsächlich muss ich zwei Stationen früher raus, weil zwei potenzielle Kontrolleure zusteigen. Die sind aber auch zu blöde. Zuerst stehen sie nebeneinander an der Haltestelle und dann steigen sie in verschiedene Türen ein. Auffälliger gehts ja nicht. Da müssen die schon früher aufstehen, um mich zu erwischen! Ich laufe den Rest einfach zu Fuß und gehe schnurstracks zu H&M.

Tommi hat immer ziemlich coole Klamotten an. Er bekommt mehr Taschengeld als andere, muss sich aber davon die Kleider selber kaufen. Das finde ich super.

Auch wenn seine Eltern manchmal etwas streng sind, ist es doch irgendwie 'ne echt coole Familie. Mit Tommi würde ich gerne so richtig gehen, also seine Freundin sein, nicht nur Rumknutschen und so.

Das T-Shirt ist noch in Rosa und Braun da. Braun steht mir zwar besser, aber Rosa sieht einfach »more sexy« aus. Als ich gerade halb nackt in der Umkleide stehe, piepst plötzlich mein Handy. 'ne SMS von Mum! Zum Glück kann sie übers Handy nicht erkennen, wo sie mich erreicht. Die würde vielleicht Augen machen!

Ich simse ihr kurz zurück, dass ich mir einen Tee gemacht habe und es mir schon viel besser geht. Bis heute Abend muss ich schließlich wieder »gesund« sein, sonst darf ich womöglich morgen nicht auf die Party. Das wäre doch megascheiße.

Mach den Handy-Check!

Ist dein Traumboy Weltmeister im SMS-Verschicken? Benutzt er zum Tippen seinen Daumen oder Zeigefinger? Mach den Test und finde heraus, was sein Handy-Handling über ihn verrät …

1. Du schwärmst für den süßesten Typen aus der Schule. Welches Handy besitzt er?

A. Das neueste Modell, mikroskopisch klein, sagenhaft teuer und sogar mit Wap.

B. Den Uralt-Knochen seines Vaters, schwer und fast immer ohne Empfang.

C. Ein Prepaid-Handy, ohne viel Schnickschnack, aber prima zum Simsen und Verschicken von Logos.

2. Wie lange hat dein Traumboy schon ein Handy?

A. Schon seit Jahren besorgt er sich immer das neueste Handy.

B. Seit einem halben Jahr. Es war ein Geburtstagsgeschenk.

C. Erst seit ein paar Wochen und hat immer noch nicht gecheckt, wie er damit umgehen muss.

3. Was für einen Klingelton hat sein Handy?

A. Er ist ein kleiner Romantiker: »I Just Called To Say I Love You« von Stevie Wonder.

B. Gute-Laune-Musik, die zu ihm passt, wie »This Is My Time« von Sasha.

C. Immer den neuesten Chartbreaker, zum Beispiel »Nessaja« von Scooter.

4. Wo trägt er sein Telefon?

A. Wenn es nicht gerade zu Hause liegt, weil er es wieder mal vergessen hat, muss er meistens im Rucksack ewig danach kramen.

B. Er hat es fast immer dabei – allein schon, um deine SMS zu empfangen! Fester Platz ist seine Jackentasche, damit er es schnell findet.

C. Er trägt sein liebstes Spielzeug immer am Gürtel und ist der Erste, der es im Café auf den Tisch legt.

5. Wie oft simst er?

A. Einmal am Tag.

B. Alle zehn Minuten.

C. Er hasst Simsen!

6. Jedes Handy hat Vorlagen-Texte zum schnellen Antworten. Wie siehts bei deinem Traumboy aus: Schreibt er alles selber?

A. Er ist ziemlich faul und nutzt Vorlagen, wo es geht.

B. An mich schreibt er nur eigene, persönliche Botschaften.

C. Vorlagen benutzt er ausschließlich nur dann, wenns wirklich mal schnell gehen muss.

7. Ihr habt euch schon ein paar Mal getroffen, jetzt hast du ihn per SMS ins Kino eingeladen. Wann rechnest du mit einer Antwort?

A. Innerhalb von Sekunden.

B. Nach einer Stunde.

C. Bei ihm warte ich wohl eine Woche auf die Antwort.

8. Wie schreibt er seine SMS?

A. Lässig mit dem Daumen.

B. Das geht superschnell, allerdings sieht sein Tippen mit beiden Daumen ziemlich angeberisch aus.

C. Mit dem Zeigefinger, dabei braucht er ewig, um die Tasten zu finden.

9. Schickt er dir Bilder und Liebessprüche?

A. Ja. Ziemlich oft sogar.

B. Von Zeit zu Zeit.

C. Er schickt eher einen »normalen« Brief.

10. Was schätzt du, wie viel Geld er im Durchschnitt für sein Handy ausgibt?

A. Mehr als 100 Euro – aber das ist ihm bestimmt egal, da sein Vater die Rechnung bezahlt.

B. Eine 15-Euro-Karte reicht ihm ewig.

C. Zirka 50 Euro, sein Taschengeld reicht aber nie aus, deshalb hat er inzwischen schon alle seine Freunde angeschnorrt.

Testauflösung:

	1	2	3	4	5	6	7	8	9	10
A	4	4	0	0	2	4	2	0	2	4
B	0	2	2	2	4	2	4	4	4	2
C	2	4	4	4	0	0	0	2	0	0

Testauflösung ▸ ▸ ▸

Testauflösung:

0 – 13 Punkte: Der Träumer

»Ach, mein Handy hatte ich zu Hause vergessen ...« Diese Entschuldigung hast du schon öfter gehört, wenn du mal wieder versucht hast, ihn zu erreichen. Auf SMS-Antworten wartest du ewig und auch sonst ist er ziemlich vergesslich. Das Handy hat er sich nur zugelegt, weil alle eins haben, aber er interessiert sich eigentlich gar nicht dafür. Er ist schüchtern und es dauert, bis er dir vertraut. Ihm ist es wichtig, dass ihr die gleiche Wellenlänge habt und euch über alles unterhalten könnt – auch Träume und Ängste! Wenn du also auch eher eine Romantikerin bist, findest du einen persönlichen Brief sowieso spannender als eine SMS.

14 - 26 Punkte: Der Power-Boy

Dein Schwarm hat ein lockeres Verhältnis zu seinem Handy. Er hat eins, weils praktisch ist und SMS-Verschicken Spaß macht. Er braucht aber keines, um damit anzugeben. Er redet nicht viel über Technik-Schnickschnack, sondern fährt mit dir lieber zum See oder organisiert eine Grill-Party. Mit ihm wird es nie langweilig, er ist sportlich und immer gut gelaunt. Wenn du genauso ein Power-Girl bist, steht einer heißen Liebe nichts im Weg ...

27 - 40 Punkte: Der Trendige

Sein Handy ist das allerneueste auf dem Markt, er telefoniert und simst, was das Zeug hält. Bei ihm kannst du darauf bauen, dass er dir seine Liebeserklärungen per SMS-Flirt macht. Er kennt alle Emoticons und Sprüche! Er legt viel Wert auf sein Äußeres und ist sogar ein wenig eitel. Dafür ist er aber modisch und was Musik angeht, immer ganz vorne. Dasselbe erwartet er auch von seinem Traumgirl. Du bist eine Fashion-Queen, dein Handy ist dir heilig und du bist süchtig danach, SMS zu verschicken? Dann seid ihr das Traumpaar!

Tatsächlich habe ich aber plötzlich ein bisschen Bauchschmerzen. Vielleicht bekomme ich ja endlich meine Periode. Wenn die noch lange auf sich warten lässt, ist womöglich sogar noch Miri früher dran als ich. Und das ist die Zurückgebliebenste der Klasse!
Das T-Shirt sieht genial aus. Liegt total eng an und lässt eine Schulter frei. Vor allem aber geht es nur bis zum Bauchnabel. So kann man mein Piercing sehen, das ich seit neuestem habe. Zusammen mit dem Jeans-Rock sieht das richtig spitze aus. Wie Miri wohl in solchen Klamotten aussähe? Die zieht immer noch das an, was ihre Mutter ihr in der Früh aus dem Schrank hinlegt. Mit Sicherheit! Und das sind meistens Blusen (allein bei dem Wort bekomme ich schon Pickel!) und völlig uncoole Hosen oder Röcke. Manchmal hat sie sogar noch geflochtene Zöpfe! Wie Lieschen Müller. Sie kann einem fast Leid tun. Aber vielleicht steht sie ja drauf? Who knows?

Einmal war ich sogar bei Miris Geburtstag eingeladen. Einmal und nie wieder! Da hab ich den anderen gezeigt, wie Flaschendrehen geht. Mit echt küssen und so. Und gerade als ich Momo 'nen Zungenkuss gegeben habe, ist ihre Mutter reingekommen und hat total sparsam geguckt. Beim nächsten Geburtstag war ich dann nicht mehr eingeladen. Ina hat mir später erzählt, dass Miris überaus tolle Mutter ihr DEN UMGANG MIT MIR VERBOTEN HAT!

Die 4 beliebtesten Küsse

1. **Zungenkuss:**
   Der Klassiker. Die Zunge sucht die Zunge des anderen. Suchen, finden, necken, locken, umkreisen. Sanft und intensiv wechseln sich ab.

2. **Schmetterlingskuss:**
   Das sind »Küsse« mit den Wimpern, die zart übers Gesicht und den ganzen Körper streichen, indem mit dem Auge schnell geblinzelt wird.

3. **Saugender Kuss:**
   Die Zunge des einen wird von der Zunge des anderen umschlungen, tief in die Mundhöhle gezogen und daran gesaugt.

4. **Spiegelkuss:**
   Sexy Kuss im Liegen, bei dem die Köpfe der beiden Knutschenden in entgegengesetzte Richtungen zeigen (also Stirn an Kinn).

Da fällt mir ein, dass Momo bestimmt auch auf die Party eingeladen ist. Mit dem bin ich vor den Ferien mal zwei Wochen gegangen. Nach den Ferien haben wir dann einfach nicht mehr drüber gesprochen, als ob nie was zwischen uns gewesen wäre. Hoffentlich gibt das morgen kein Durcheinander, wegen Tommi, meine ich.

Das T-Shirt kostet 14,95 €! Ganz schön viel. Ist halt auch eher eines von den edleren Teilen. Mann, für 15 Euro könnte ich mindestens zweimal ins Kino gehen. Oder mir endlich die Robbie-Williams-CD kaufen, auf der »Feel« drauf ist. Die will ich schon so lange haben. Am liebsten hätte ich beides. T-Shirt und CD. Ob ich das T-Shirt einfach mitgehen lasse?

Es ist ja nur ein Stückchen Stoff. Und es hat nicht mal dieses Plastikteil dran, die elektronische Sicherung. Das ist doch fast schon ein Zeichen. Es kann also gar nichts passieren. Trotzdem werde ich ziemlich nervös, als ich das T-Shirt in den Rucksack stopfe. Ausgerechnet in Mums Rucksack! Da ist das schlechte Gewissen noch ein bisschen größer.

Aber dann mach ichs einfach. Ich trete aus der Umkleide und tu so, als ob nichts wäre. Jetzt gibt es kein Zurück mehr. Jetzt bloß nicht auffallen.

Zeigt her eure Treter!

Beim nächsten Date mit einem Jungen solltest du mal einen Blick nach unten werfen – ganz nach unten! Denn seine Schuhe verraten mehr über den Typen, als ihm lieb ist …

Seine Schuhe	Seine Hobbys	Seine Mädels
Voll normal, aber kleine Farbkleckse machen was Besonderes draus.	Er ist kreativ! Egal, ob Schauspielern, Zeichnen oder Schreiben …	Bewundere ihn nicht nur, sondern sag ihm auch mal deine Meinung!
City-Cowboy! Coole Form ist Pflicht. Mit diesen Boots fällt er auf.	Nee, mit den Tretern reitet er nicht! Viel lieber macht er Party nonstop.	Zeig ihm deine Stiefeletten! Er mag Mädels mit extravagantem Stil.
Basketballer-Boy Dirk Nowitzki lässt grüßen! Bequemer, cooler Look.	Klaro, dass der nur Sport im Kopf hat, dafür hat er aber so schöne Muckis.	Du musst kein Sport-Freak sein, deine witzige Art verzaubert ihn.
Alt oder edel? Diese Schuhe im Retro-Style sind megaangesagt!	Wenn er nicht gerade träumt, kann er schöne Geschichten erzählen.	Weck ihn auf und zeig ihm, was es heute Spannendes zu erleben gibt!

Wenn ich sofort nach draußen stürmen würde, würde ja jeder Verdacht schöpfen. Einfach so tun, als ob alles in bester Ordnung sei. Leise Musik dudelt aus den Lautsprechern. Im Laden ist fast nichts los. Ich schlendere noch ein bisschen an den Kleiderständern und den Regalen vorbei und mustere die Klamotten. Dann schiele ich zum Ausgang. An der Kasse sortiert eine Verkäuferin irgendwelche Gürtel und an einem Wühltisch steht ein Mann und stochert in Damenunterwäsche herum. Was für ein Perverser!

Aber umso besser, dann achtet keiner auf mich. Jetzt nichts wie raus hier. Zügig, aber nicht eilig, steuere ich auf den Ausgang zu. Gleich hab ichs geschafft. Mit dem neuen T-Shirt im Rucksack fühle ich mich echt toll. Das wird der Hingucker auf Tommis Party ...

»Momentchen, mein Fräulein!«, höre ich plötzlich eine tiefe und laute Stimme hinter mir sagen. Ich zucke zusammen und drehe mich um. Das ist der Perverse, was will der denn von mir? Mit wenigen Schritten ist er bei mir und legt seine große, fleischige Hand auf meine Schulter.

»Kommst du mal eben mit mir mit?«

Das ist kein Perverser, so viel ist klar. Plötzlich weiß ich, wer das ist. Meine Knie werden ganz weich und mir wird so heiß, als ob ich in der prallen Sonne stehen würde. Ich fange an zu schwitzen. Aus den Blickwinkeln beobachte ich, ob uns jemand sieht. Was für eine megapeinliche Situation! Aber nur die Verkäuferin schaut neugierig zu uns herüber. Um ihren Mund spielt ein missbilligender Zug. Blöde Schnepfe.

Völlig willenlos lasse ich mich von dem Typen in ein kleines Zimmer im hinteren Bereich des Ladens führen. Warum ist er mir nicht gleich auf-

gefallen? Ein Mann in der Damen-Abteilung! Das war doch eigentlich sonnenklar, das musste ein Hausdetektiv sein. Ich bin aber auch wirklich zu blöd.

Wie komme ich aus dem Schlamassel nur wieder heraus? In mir arbeitet es fieberhaft. Tausend Gedanken schießen mir durch den Kopf: ... Ich muss das T-Shirt aus meinem Rucksack verschwinden lassen ... unmöglich! ... ich brauche eine plausible Erklärung, wie es da reinkam ... ich sage einfach, ich wollte es noch bezahlen ... nein, ich war ja schon an der Kasse vorbei ... Mist, Mist, Mist ... Hauptsache, er holt nicht die Polizei ... vielleicht will er mich wegen etwas ganz anderem sprechen ... sei nicht blöd ... du sitzt in der Patsche ...

In dem kleinen Raum stapeln sich Kartons mit unausgepackter Ware. Vor einem Schrank stehen Putzzeug, ein paar Eimer, ein Besen, ein Wischmopp. In der Ecke gibt es ein kleines Waschbecken, gerade groß genug zum Händewaschen. Meine Hände sind ganz feucht. Ich wische sie am Jeans-Rock ab.

»Kannst du mal bitte deinen Rucksack öffnen?«, sagt der Typ, nachdem wir uns an einen winzigen Tisch gesetzt haben, und wirkt dabei gar nicht mal so unfreundlich. Wahrscheinlich ist das für ihn reine Routine.

Mann, ist mir das peinlich! Ich werde knallrot, als er mir den Rucksack aus der Hand nimmt und ganz sachlich das T-Shirt herauszieht. Wenn nur Mum nichts davon erfährt. Lieber bring ich mich um, das kann ich ihr einfach nicht antun!

Er legt das T-Shirt auf den Tisch und fängt an, irgendeinen Wisch auszufüllen. Dabei bleibt er die ganze Zeit über völlig regungslos, ist weder vorwurfsvoll noch sauer oder so.

»Name?«

»Danie...«, ich muss mich räuspern, »Daniela Hübsch.«

»Schöner Name und so ein hübsches Mädchen, warum machst du nur so dumme Sachen? Müsstest du nicht auch in der Schule sein?«

Und was wird jetzt aus mir?

Oh, Mann, auch das noch! Wenn meine Mutter erfährt, dass ich blaumache, um in die Stadt zum Klauen zu gehen, dann kann ich mich gleich erschießen. Ich muss mir was einfallen lassen. Jetzt! Sofort! Zunächst fange ich mal das Heulen an. Das kommt bestimmt gut und mir ist sowieso schon total zum Heulen zumute. Aber der Detektiv bleibt völlig gelassen. Der ist ja echt mit allen Wassern gewaschen. Na ja, kein Wunder, wahrscheinlich heulen alle erst mal, die erwischt werden. Ich muss also noch einen Gang zulegen.

»Bitte, bitte, holen Sie nicht die Polizei. Wenn mein Vater das erfährt, der prügelt mich halb tot!«, schluchze ich. Der Detektiv hebt die Augenbrauen. Aha, immerhin eine Regung.

»Ich habe noch vier Geschwister und nie, nie bekomme ich neue Klamotten. Weil ich die Jüngste bin und wir so wenig Geld haben.«

»Aber meinst du, dass Klauen der richtige Weg ist?«, fragt der Detektiv sanft und zeigt endlich ein bisschen Mitgefühl.

»Nein, bestimmt nicht«, schluchze ich. »Das hab ich auch noch nie gemacht und ich schwöre Ihnen, ich mach es auch nie wieder.«
»Gut, Daniela«, sagt der Detektiv und deutet auf das Papier. »Aber trotzdem hast du eine Straftat begangen, das kann ich nicht einfach so stehen lassen.«
Ich höre auf zu Schluchzen und werfe ihm einen verheulten, fragenden Blick zu, der so ungefähr sagen soll: Und was wird jetzt aus mir? Er lehnt sich zurück und scheint nachzudenken. Jetzt kann er mich nicht einfach zu meinem prügelnden Vater nach Hause schicken.
»Pass auf«, sagt er. »Das Ganze hier kostet dich fünfzig Euro Bearbeitungsgebühr. Ich nehme deine Personalien auf und sehe von einer Anzeige ab. Du bekommst allerdings ein Jahr Hausverbot in all unseren Filialen. Das heißt, du darfst ein Jahr lang keinen unserer Läden betreten. Und solltest wir dich jemals wieder beim Klauen erwischen, ist dir eine Anzeige sicher, kapiert?«
Ich nicke und schlucke die letzten Tränen herunter. Dann muss ich ihm meinen Ausweis zeigen und fünfzig Euro abdrücken. Das ist alles, was ich dabeihabe. Mein ganzes, mühsam zusammengespartes Geld.
»Willst du das T-Shirt noch haben – ich meine richtig erwerben?«
Ich schüttele den Kopf. Wie auch?

Als ich endlich das fensterlose Zimmer verlasse und aus dem Laden trete, blendet mich die Sonne so sehr, dass mir die Augen wehtun und ich erst mal nichts sehe. Wie Schatten laufen die Menschen an mir vorbei. Als sich meine Augen wieder langsam an die Helligkeit gewöhnt haben,

setze ich mich auf die Wiese vor dem Rathaus und ruhe mich aus. Was für ein Scheißtag. Ich zittere ein bisschen und friere, obwohl die Sonne voll vom Himmel knallt. Ich bin total schlapp. Ich fühle mich plötzlich sehr allein. Wenn Tommi nur jetzt bei mir wäre. Ich lasse mich nach hinten ins Gras fallen und schließe die Augen.
Die Rathausuhr schlägt zwölf. Die anderen haben bald Schule aus. Freitags ist die Stimmung nach der Schule immer besonders gut, weil das Wochenende vor der Tür steht. Jetzt wäre ich auch lieber bei den anderen. Ich stelle mir vor, ich wäre Tommis Freundin und wir würden zusammen aus der Schule kommen. Er würde seinen Arm um meine Schultern legen, mir über den Kopf streicheln und mir in die Augen schauen, wenn er mich küsst ...
Tommi könnte ich meine Probleme anvertrauen. Wem sonst? Mum kann ich nichts erzählen, vor allem nicht Mum. Die würde sich sonst gleich Sorgen machen, dass sie sich nicht genug um mich kümmert. Dabei hat sie gar keine Zeit dazu. Manchmal könnte ich wirklich gut einen Rat gebrauchen. Na ja, eigentlich brauch ich gar keinen Rat. Eigentlich will ich nur meinen Frust ablassen, that's it!

Als ich die Augen wieder öffne, steht plötzlich so ein Typ breitbeinig über mir und macht ein Foto von mir. So ein Schwein!
»Na, du Süße?«, sagt er und schaut grinsend auf meinen Minirock. »Du bist aber sexy!«
»Hau ab, du Schwein!«, schimpfe ich laut und packe sofort meine sieben Sachen zusammen. Zum Glück sind so viele Leute auf der Wiese, dass er

Angst hat, Aufsehen zu erregen. Er haut sofort ab, als einige die Köpfe zu uns drehen. Ob das so was wie ein Exhibitionist war? Oder eher ein Spanner. Eklig! Als ob ich heute nicht schon genug Mist erlebt hätte.

In der Schule haben wir gelernt, sofort laut zu werden, wenn uns so was passiert, und am besten »Feuer!« zu rufen, wenn wir alleine auf einen Exhibitionisten treffen. Weil bei »Hilfe!« keiner kommen würde, bei »Feuer!« aber alle zum Gucken kämen. Ist doch krass, oder? Noch Besser wäre wahrscheinlich, man würde rufen: »He! Guckt mal her, hier sind tausend Euro!« Dann würden sie bestimmt alle angerannt kommen. Himmel, ist die Welt KRANK!

Den Rest des Vormittags stöbere ich im Music-Shop und höre in ein paar CDs rein. Das Gute ist, dass um diese Zeit kaum einer an den Geräten ansteht, mit denen man Probehören kann. Die Musik gibt mir 'ne Menge Kraft und ich fühle mich langsam wieder besser. Ich darf nur nicht an das T-Shirt und die fünfzig Euro denken. Mit dem T-Shirt hätte ich mich auf der Party so stark gefühlt. Wie kann ich Tommi jetzt beeindrucken?

Verdammt! Es ist ja schon halb zwei! Mum kann jeden Moment heimkommen. Ich muss sofort nach Hause.

Name: Miriam

Alter: 12

Sternzeichen: Wassermann

Hobbys: lesen, kochen, sprachen

Was ich super finde: in andere Länder reisen, schokolade

Das ist für mich Horror: in der Pause alleine sein

Meine beste Eigenschaft: ich kann zuhören, sonst nix, glaub ich

Lieblingsbeschäftigung: lesen, kochen

Das mag ich an Jungen: sie sind stark

Was ich nicht an Jungen mag: weiß nicht

Das möchte ich später machen: was mit sprachen

Miriam schminkt sich Mut an!

Was für ein Tag! Am liebsten würde ich mich in einen Sarg legen und einbuddeln lassen. Monatelang lief alles gut – nicht bestens, aber gut – und heute dann diese Katastrophe!

»Miri, komm, wir müssen!«, ruft Mama.

Oh Mann, es ist halb drei und wir sollen um drei Uhr da sein. Mit dem Auto fahren wir fünf Minuten. Das ist so typisch für Mama. Immer kommt sie überall zu früh. Heute ist sie mit Inas Mutter verabredet und ich fahre mit. Wenns schon mit dem Sarg nicht klappt, so erzähl ich wenigstens Ina alles. Sie hat bestimmt einen guten Tipp.

Ina kommt gut gelaunt die Treppe runter. Unsere Mütter gehen sofort ins Wohnzimmer. Ina und ich verschwinden in ihrem Zimmer.

Aber ich komme nicht dazu, ihr meine Geschichte zu erzählen, denn kaum hat Ina die Tür geschlossen, hält sie mir einen neuen Liebesbrief von Fabio unter die Nase.

»Bitte übersetz in ihn mir, Miri, bitte!«

Das ist zurzeit das Einzige, was Ina im Kopf hat. Italien und Fabio! Er sei ihre erste wirklich große Liebe, schwärmt sie immer wieder. Ich kenne die Geschichten schon auswendig: Wie die beiden sich zum ersten Mal geküsst haben, wo seine Hände sie schon überall berührt haben …

Und seitdem muss ich Ina Fabios Liebesbriefe vorlesen und übersetzen.

Sie ist zwar seit den Sommerferien auch im Italienischkurs, aber das reicht noch lange nicht aus, Fabios schwülstige und blumige Liebesschwüre zu verstehen. Dafür bin dann immer ich gut.
Also übersetze ich. Doch bevor Ina danach wieder in ihren Liebes-Sehnsuchts-Monolog verfallen kann, platze ich mit meiner Katastrophen-Geschichte heraus.
»Heute ist mir vielleicht was Peinliches passiert!«
»Erzähl.«

»Ich wollte Raphael wieder vor der ersten Stunde abfangen. Du weißt doch, freitags hat er Sport und da beobachte ich ihn immer, wie er zur Turnhalle läuft. Und ausgerechnet heute kam er früher. Er lief mir fast ins Rad! Ich so: ›Hallo! Ich bin Miriam.‹ Voll bescheuert!! Wie konnte ich nur ›Ich bin Miriam‹ sagen! Wie der letzte Depp.«
»Na ja, so schlimm find ich das nun auch wieder nicht. Wie hat er denn reagiert?«
»Erst hat er irritiert geguckt und dann gesagt: ›Das weiß ich doch. Hallo.‹ Dann ist er weiter.
Ich Idiot! Wie konnte ich nur? Was denkt der denn jetzt von mir? Seit zwei Jahren besuchen wir gemeinsam den Italienischkurs. Ist doch wohl logisch, dass er weiß, wie ich heiße, oder?«
»Ach, mach dir da nicht so viel Gedanken. Der denkt sich wahrscheinlich gar nichts.«

Mein Magen zieht sich zusammen. Da ist es wieder, dieses eklige Gefühl, nicht ernst genommen zu werden. Mach dir nicht so viele Gedanken! Was für ein Satz! Sie kann sich doch denken, dass ich mir darüber Gedanken mache. Schließlich bin ich jetzt schon seit sieben Monaten in Raphael verliebt und habe noch nie mit ihm gesprochen. Heute zum ersten Mal. Und dann so einen saublöden Satz! Wieso gibt Ina mir nur immer das Gefühl, dass all meine Probleme Lappalien sind? Aber ich habe mich noch nie getraut, ihr das zu sagen. Auch jetzt nicht. Stattdessen sage ich: »Ich rede so einen Müll und er soll sich nichts denken? Du meinst, ich bin ihm eh völlig gleichgültig, stimmts?«

»Quatsch! Ich glaube einfach, dass der nur Bücher und Formeln im Kopf hat. Das hat gar nichts mit dir zu tun, der kann einfach nicht anders.«

»Das sagst du nur, weil du ihn nicht leiden kannst.«

»Das stimmt nicht. Ich finde ihn ehrlich gesagt nur ein bisschen langweilig.«

»Na, dann passt er ja zu mir«, sage ich patzig und merke, dass meine Laune noch tiefer rutscht.

»Ach komm, Miri, lass uns einen Antwortbrief an Fabio schreiben, bitte. Er wäre begeistert, wenn ich ihm schon auf Italienisch schreibe. Er braucht ja nicht zu wissen, dass du mir geholfen hast.«

Da ist es wieder, dieses Grummeln im Magen! Immer dreht sich alles nur um Ina. Aber was soll ich machen? Sie ist total beliebt in der Schule und ich kann froh sein, dass sie überhaupt Zeit mit mir verbringt. Wären unsere Mütter nicht schon seit Jahren befreundet, würde sie bestimmt keine Zeit mit mir vergeuden. Was macht jemanden beliebt und was

Aber hallo!

Ist es Freundschaft oder Liebe? Wie er dich begrüßt, verrät dir, was er wirklich von dir hält ...

Coole Pose

Das macht er: Er nuschelt »Hi« und zieht eine Augenbraue hoch – that's it. Seine Hände bleiben in den Hosentaschen.

Das meint er: Zwar scheint es, als wäre er total cool und nicht an dir interessiert, aber die Wahrheit ist: Der Süßi steht auf dich, kanns nur nicht zeigen, weil er zu schüchtern ist. Gib ihm eine Chance und lächle ihn an!

„French Kisses"

Das macht er: Da war wohl einer auf Schüleraustausch in France. Küsschen links, Küsschen rechts und manchmal noch eins extra.

Das meint er: Er mag dich – so viel ist sicher. Ob er aber auf dich steht, merkst du daran, ob die Küsschen nur flüchtig dahingehaucht sind oder seine Lippen auch mal etwas länger auf deinen Wangen verweilen.

Klatsch ab!

Das macht er: Immer dieses komplizierte, langatmige Hand-Shake-Klatsch-Ritual von ihm, bei dem ganzer Körpereinsatz gefragt ist ...

Das meint er: Du bist fester Bestandteil seiner Clique. Er vertraut dir und weiht dich in jedes Geheimnis ein. Das ist zwar cool, bedeutet aber, dass er dich leider eher als Kumpel sieht ...

Braves Händchen

Das macht er: Seriöser kann man es nicht machen. Sein stinknormales »Handgeben« ist zwar höflich, aber so langweilig ...

Das meint er: Er schätzt dich zwar, ist aber ein ziemlich verkrampfter und spießiger Typ. Er bleibt stets auf Distanz – das bedeutet, dass er nur an einer ganz braven, lockeren Bekanntschaft interessiert ist, keinesfalls mehr.

Lass dich knuddeln

Das macht er: Eine innige Umarmung wie im Film: Er schlingt seine Arme um deinen Körper und will dich am liebsten nie mehr loslassen. Intensiv und sehr intim.

Das meint er: Er freut sich wirklich dich zu sehen – ihr seid sehr, sehr gute Freunde ... oder doch mehr? Jedenfalls ist hier viel Gefühl im Spiel. Hör doch mal in dein Herz hinein!

Shake it, Baby!

Das macht er: Er knetet deine Hände fest und schüttelt danach intensiv und lang euer »Hände-Knäuel«.

Das meint er: Er findet dich total cool. Dass er deine Hand ganz fest hält, bedeutet: Er schätzt und mag dich sehr. Aus eurer Freundschaft könnte Liebe werden. Halte seine Hände auch ganz fest und schau ihm dabei tief in die Augen ...

mache ich falsch, dass ich so unbeliebt bin? Ist es das Aussehen? Die Schulnoten? Die Klamotten? Was würde ich drum geben, um darauf eine Antwort zu finden. Ina ist meine einzige Freundin und ich bin für sie eine von vielen, vielleicht sogar einfach nur eine Art Gewohnheit, mehr nicht. Nur jetzt nicht heulen! Tief durchatmen.

Das Telefon klingelt und Inas Mutter ruft Ina an den Apparat.

»Das war Tommi. Ich soll einen Nudelsalat zur Party mitbringen«, sagt Ina, als sie zurück ins Zimmer kommt. »Hey! Das ist doch die Gelegenheit! Bestimmt ist sein Bruder Raphael auch da!«

Ich schaue sie verständnislos an: »Ja und?«

»Nix na und! Du kommst einfach mit!«

»Nie im Leben! Der lädt mich doch gar nicht ein. Der ist doch nicht bescheuert und füllt sein Haus mit Schlaftabletten!«

»Dann kommst du eben einfach so auf die Party. Einer mehr oder weniger fällt doch gar nicht auf«, versucht Ina mich zu überreden.

»Ich geh auf keine Party, auf die ich nicht eingeladen bin. Das ist aufdringlich!«

»Miriam. So wird das nie was!«, sagt Ina und wirkt so, als müsste sie ein Stöhnen unterdrücken.

»Ist doch wahr«, rufe ich etwas zu laut, weil ich so die Tränen besser zurückhalten kann. »Mich will doch keiner! Und du auch nicht! Du willst mich nur wegen der Liebesbriefe, ist doch so!« Jetzt ist es raus, und weil ich das eigentlich nicht wollte und weil mir die Katastrophe heute Morgen mein ganzes Hirn zerrüttelt hat und weil ich sowieso so unglücklich bin, fange ich hemmungslos an zu heulen.

Hilflos legt Ina einen Arm um mich. Ich krieg mich gar nicht mehr ein. Und weil mir das total peinlich ist, kann ich erst recht nicht aufhören. Endlich fängt Ina an, ganz ruhig mit mir zu sprechen: »Miri, ich kenne dich so gut und weiß, dass du keine Schlaftablette bist. Niemand kann zum Beispiel besser zuhören als du. Du bist zuverlässig und ich weiß ganz genau, dass meine Geheimnisse bei dir gut aufgehoben sind. Aber kaum bist du in der Schule, wirst du völlig schüchtern und ziehst dich zurück. Ist doch klar, dass dich dann alle langweilig finden und keiner auf die Idee kommt, dich zu einer Party einzuladen. Du zeigst denen ja auch nichts von dir!« Ina macht eine Pause. »Ich meine das nicht böse. Ich denke nur, dass du irgendwann mal was tun solltest. Du bist nicht so, wie die anderen denken. Zeig ihnen, wie du wirklich bist. Es ist alles eine Frage des Mutes.« So hatte Ina noch nie mit mir gesprochen. Ich bin platt und mir fehlen die Worte. Ich will einfach nur nach Hause. Als wärs Gedankenübertragung, ruft meine Mutter in diesem Moment zum Aufbruch.

Zu Hause schließe ich mich im Badezimmer ein und betrachte mich im Spiegel. Wie soll ich mutig sein, wenn ich es nicht bin? Und wo soll ich mit dem Mutigsein anfangen? Schon wie ich aussehe! Es ist zum Verzweifeln. Ich kann kaufen, was ich will, es kann das gleiche T-Shirt oder eine total ähnliche Hose sein wie Lea oder Ina sie haben – an mir sehen

all die Klamotten nach nichts aus. Und bei denen ist es völlig egal, was sie anhaben – die sehen immer toll aus! Ist das Einbildung oder Tatsache? Wenn ich so an meinem Körper runtergucke, ist die Figur eigentlich o. k. Und mein Gesicht ... Es ist ganz normal. Ich habe nicht einmal Pickel wie so manch andere. Was ist es, das Ina und Lea so schön aussehen lässt? Ist es die Schminke? Vorsichtig krame ich in der hintersten Ecke des Badezimmerschrankes. Denn ich weiß, dass Mama dort eine kleine Schachtel mit Schminkproben aufbewahrt. Mama schminkt sich nie, weiß auch nicht, warum sie die dort versteckt. Igitt! Der Lippenstift stinkt schon ganz ranzig. Egal, zum Probieren reichts. Einmal habe ich Ina beim Schminken zugeschaut. Zu dumm, dass ich nicht besser aufgepasst habe! Also, zuerst mal mit einem schwarzen Augenstift einen Strich unter die Augen. Dann Lippenstift. Knallrot! Unbemerkt schleiche ich ins Schlafzimmer meiner Eltern und ziehe einen wattierten BH aus Mamas Schrank. Den ziehe ich umständlich an, schließlich habe ich mir in meinem Leben noch nie so ein Teil umgeschnallt, und dann krame ich noch das eng anliegende T-Shirt aus meinem Schrank, das mir Ina mal zum Geburtstag geschenkt hat.
Wahnsinn! Das bin nicht ich, die mich da aus dem Spiegel anschaut. Ob es allen so geht, wenn sie sich zum ersten Mal schminken?
Vielleicht muss man sich nur daran gewöhnen.
Je länger ich mich im Spiegel betrachte, umso fremder werde ich mir. Ohne Schminke bin ich unauffälliger. Aber mit

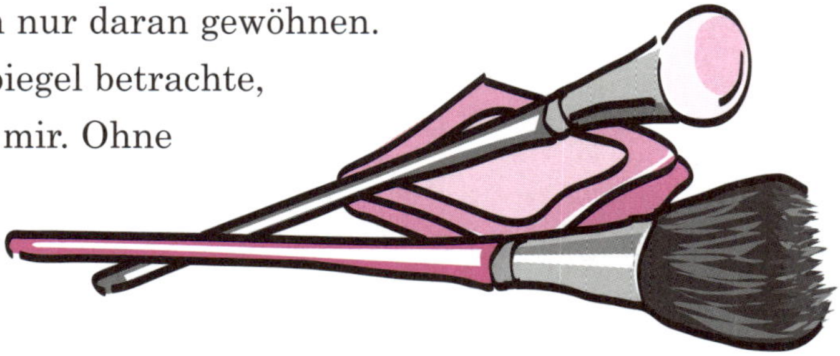

TIPP Mach ihn an!

5 Schritte, wie du deinen Traumboy einfängst …

1. Mädchenpower! Entwickle deine eigene Anmach-Strategie, wenn er zu schüchtern ist, den ersten Schritt zu machen.

2. Warte auf den richtigen Zeitpunkt. Starte deine Flirtoffensive erst, wenn du ihn alleine irgendwo antriffst!

3. Suche seinen Blickkontakt und schenke ihm ein Lächeln. Das ist nicht aufdringlich, signalisiert ihm aber dein Interesse!

4. Mach ihn auf dich aufmerksam: Rempel ihn sanft an, sprich mit seinem Freund oder bitte ihn, dir einen Drink mitzubringen.

5. Sei offen und locker, wenn du mit ihm redest! Das beeindruckt ihn garantiert mehr als irgendein doofer Anmachspruch!

Facts!

Worauf gucken Jungs bei Mädchen als Erstes?

38 % aller Jungs nehmen das Gesicht des Mädchen als Erstes wahr – und schauen dort zuerst in die Augen des Mädchens und dann auf den Mund!

22 % der Jungs checken bei Mädels zuerst den Po!

18 % riskieren zuerst einen Blick auf den Busen!

12 % starren auf die Beine und 10 % gucken nach, ob der Bauch schön flach ist!

Schminke mutiger. Wie Raphael das wohl findet? Raphael … so ein schöner Name! Ich liebe ihn so sehr. Jeden Vormittag streife ich alleine durch das Schulgebäude, um Raphael-Augenblicke zu sammeln. Raphael in der Bibliothek, seine schönen Augen vertieft in ein Buch – Raphael auf dem Pausenhof, den Kopf in den Nacken gelegt, einen Vogel im Baum beobachtend – Raphael im Italienischkurs, wie er konzentriert zuhört und sich gedankenverloren am Ohrläppchen zupft – Raphael den Turnbeutel schwingend auf dem Weg zur Turnhalle … Er ist auch nicht wirklich schön und er ist auch meistens alleine. Er ist wie ich und wirkt doch glücklich …

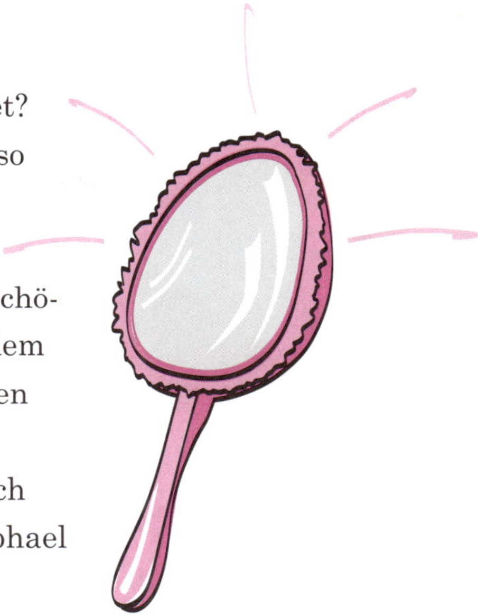

»Miri, mach Schluss jetzt. Zeit zum Schlafen«, ruft Mama aus dem Wohnzimmer.
»Ja«, rufe ich zurück und wasche mir die Schminke wieder ab. Morgen gehe ich so in die Schule. Ina hat Recht. Schluss mit dem Verstecken. Mehr als auslachen können die mich auch nicht, aber dann hab ichs wenigstens versucht!

Ich stehe eine halbe Stunde früher auf, denn es dauert schließlich eine Weile, bis ich den ganzen Schminkkram fertig habe. Allerdings gehe ich vorher frühstücken, denn ich habe keine Lust, mir die Kommentare meiner Eltern über mein Outfit anzuhören. Da käme bestimmt ein Haufen Mist zusammen, der mir allen Mut nehmen würde. Dann schließe ich

mich im Bad ein und lege los. Hier ein Strich, da ein Strich und dann der Lippenstift. Puh, was für ein Gestank. Ich gehe einen Schritt zurück und betrachte mein Spiegelbild. Ich kann mir nicht helfen, während andere nach dem Schminken schöner, frischer aussehen, wirke ich einfach nur albern, wie in den Farbtopf gefallen. Ich wische alles noch mal weg und fange von vorne an. Einen Strich unter dem linken Auge, einen unter dem rechten. Ich kann mir nicht helfen – es sieht so künstlich aus. Vorsichtig wische ich mit einem Q-Tipp über die schwarzen Striche. Ja – geht doch. Jetzt ist es dezenter. Den Lippenstift wische ich ein wenig mit Klopapier ab. Ich trete zurück und betrachte mein Werk. Ungewohnt, aber gar nicht so übel.

Und jetzt schnell weg hier! Unbemerkt schleiche ich mich aus dem Haus. Ist schon ein merkwürdiges Gefühl. Was mache ich, wenn ich ausgelacht werde? Mutig sein, hat Ina gesagt … Mein Herz klopft immer stärker, je näher ich der Schule komme. Schon von weitem höre ich das allmorgendliche Gebrüll auf dem Schulhof. Heute kommt es mir irgendwie noch lauter vor als sonst. Noch kann ich umkehren und alles machen wie vorher. Noch ist es nicht zu spät … Warum bin ich nur immer so unsicher? Dani zum Beispiel sieht jeden Morgen aus, als wäre sie in einen Farbtopf gefallen und kommt mit dieser Bemalung völlig selbstsicher daher. Und ich habe nur einen dünnen Strich und einen blassen Lippenstift und das Gefühl, als würde ein heller Spot auf mich gerichtet sein, sodass alle mich sehen können. Es gibt Menschen, die auffallen wollen, und es

gibt welche, die Angst davor haben. Das soll einer verstehen …
»Hallo, Miri! Ja holla! Das steht dir ja super!« Ina ist völlig erstaunt über mein neues Outfit.
»Ehrlich?«
»Na klar. Habe mich eh schon gefragt, warum du das T-Shirt nie anziehst. Klasse, ehrlich!«
Wir gehen den letzten Rest des Weges gemeinsam, und als wir den Schulhof erreichen, schaut niemand her. Als wär alles ganz normal. Langsam, ganz, ganz langsam fällt die Angst von mir ab und an ihren Platz rückt ein Gefühl der Dazugehörigkeit.
Die verschwindet in der großen Pause allerdings schnell wieder. Außer Ina hat niemand was zu mir gesagt. Selbst Raphael schaut mich nicht komisch an, nein, er schaut mich wie immer gar nicht an, trotz meines Auftritts gestern. Was habe ich erwartet? Dass er einen Lachanfall kriegt, wenn er mich sieht? Aber das wäre wahrscheinlich immer noch besser als diese ewige Nichtbeachtung.
Schade. Das war es wohl nicht mit der Schminke. Am Aussehen scheint es also nicht zu liegen, ob man beliebt ist oder nicht. Aber was ist es dann?
»Jetzt steh hier nicht so blöde in der Ecke«, ertönt plötzlich Inas Stimme neben mir. Ich schrecke auf und fahre herum.
»Was soll ich denn machen?«
»Na, denk dir was aus, geh mal zu ihm hin. Du siehst doch heute super aus, aber das allein hilft auch nichts. Sei mal ein bisschen mutig!«
In dem Moment gongt es. Ein Glück! Denn den Gang zu Raphael hätte

ich jetzt eh nicht geschafft.

»Komm heute auf die Party«, sagt Ina noch auf dem Weg ins Klassenzimmer. »Und dann sprichst du ihn an. Du hast doch nichts zu verlieren!«

> Du hast doch nichts zu verlieren!

Ich habe nichts zu verlieren. Der Satz geht mir für den Rest des Schultags ständig durch den Kopf und Ina hat natürlich wieder mal Recht. Ich habe nichts zu verlieren, und wenns schief geht, weiß ich wenigstens Bescheid. Trotzdem, einfach auf eine Party zu gehen, zu der ich nicht eingeladen bin … ich weiß nicht. Ich verschiebe das lieber auf nächste Woche und nutze das Wochenende zum Nachdenken. Ina sieht das alles so locker. Kein Wunder, es gibt ja auch kein Fest, zu dem sie nicht eingeladen wird. Sie kennt das Gefühl gar nicht, wenn man vergessen wird.

Es ist 20.10 Uhr. Gleich fängt eine Familienkomödie im Fernsehen an. Mama hat schon alles bereitgestellt, wie jeden Samstag: Chips und Flips in weißen Schüsseln, Cola für sich, Bier für Papa und Apfelsaftschorle für mich. Gerade als ich mich zwischen Mama und Papa auf das Sofa plumpsen lassen will, klingelt das Telefon. Mama geht ran und ich kann bis hierher Inas Stimme hören. Mein Gott, was brüllt die! Mama hält mir das Telefon hin.

»Hallo?«

»Hi, Miri!«, brüllt Ina mir ins Ohr. »Ich bin auf Tommis Party. Wie ichs gesagt habe: Raphael ist auch da. Sieh zu, dass du kommst!«
Mein Herz macht einen Sprung, aber ich sage nichts.
»Bist du noch dran? Du sagst ja gar nichts.«
»Ja ja, ich bin noch dran.«
»Los, zieh dir was Schickes an und dann kommst du, ja?«
»Mmmhh«, sage ich unsicher.
»Also, ich muss auflegen, hier ist es so laut. Bis dann.«
Klack! Schon hat Ina aufgelegt. Und in meinem Ohr rauscht und knackt es, als hätte sich der Partylärm darin verhakt.

Der Film fängt gerade an. Er sieht aus wie all die anderen Filme auch, die ich an den Wochenenden mit meinen Eltern anschaue. Widerwillen steigt auf und mich schaudert bei der Vorstellung, jetzt einen langweiligen Abend mit meinen Eltern zu verbringen und die Chance meines Lebens vergehen zu lassen.
Mutig sein!
»Mama? Darf ich heute zu Tommis Party?«
Gleichzeitig schießen die Köpfe meiner Eltern herum und wie aus einem Munde rufen sie: »Zu Tommis Party???«
»Ja.«
»Aber natürlich, mein Kind, da freue ich mich aber.« Mama springt sofort auf. »Komm, wir schauen gleich, was du anziehen kannst.«
»Soll ich dich zu ihm hinfahren?«, fragt Papa beflissen.
»Nein danke, ich mach das schon alleine«, antworte ich schnell und flitze

3 Schritte zum ersten Date

So sprichst du ihn an:

- Ein lustiger Trick: Lass dir aus dem Computer Visitenkarten ausdrucken mit deinem Namen, deiner Telefonnummer und dem Titel: »Heldin«. Überreiche deinem Schwarm mit einem Augenzwinkern deine Karte. Sag, dass du jetzt mit Recht den Titel führst, denn du hast dich getraut, ihn anzusprechen.

- Sag ihm am besten, was du denkst, z. B.: »Ich hab dich hier schon öfter gesehen und finde, dass du interessant aussiehst. Wo kommst du her?«

So kriegst du seine Nummer:

- Deine Freundin kennt seinen besten Kumpel? Na, dann lass mal deine Beziehungen spielen! Sein Freund rückt die Nummer bestimmt raus. Ihm dann noch eine SMS zu schicken, fällt dir bestimmt nicht schwer ...

- Versuch es doch mit einem lustigen Spruch, wie: »Leider hab ich meine Telefonnummer verloren, kannst du mir dafür deine geben?«

So kriegst du das erste Date:

- Besorge dir aus dem Obstgeschäft eine frische Feige und befestige daran einen Zettel, auf dem du schreibst: »Bin zu feige, dich nach einem Date zu fragen. Hättest du trotzdem Lust, dich mit mir zu treffen?« Übergib ihm die Feige und lächle ihn dabei ganz süß an.

- Manchmal muss es eine Notlüge sein: Ruf ihn an und frag ihn, ob er Lust hat, mit dir ins Kino zu gehen. Deine Freundin hat dich versetzt und eine Karte sei übrig.

in mein Zimmer.
Jetzt aber schnell, bevor mich wieder mein Mut verlässt! Inas T-Shirt, nein halt, erst den BH. Ich klau Mama den wattierten BH aus der Schublade, dann das T-Shirt und dann schließe ich mich im Bad ein. Ich zittere etwas, als ich mich schminke. Aber es geht ganz gut, bin ja schon geübt. Wenn die Party heute gut läuft, kaufe ich mir morgen einen eigenen, funkelnagelneuen Lippenstift, das steht fest! Die Klinke geht runter, erst langsam, dann heftiger. Dann energisches Klopfen.
»Mirischätzlein, würdest du mal bitte die Tür öffnen?« Das ist Mama. Ich habe noch nie abgeschlossen. Jetzt die Zähne zusammenbeißen!
»Nein, ich bin noch nicht fertig!«, antworte ich möglichst normal und wundere mich selber über meinen Mut.
Kurze Stille, dann: »Kommst du dann bitte noch mal ins Wohnzimmer, bevor du gehst?«
Na wunderbar! Diesmal also kein unauffälliges Rausschleichen. Ich kann mir ihre Blicke schon vorstellen. Und ihre Worte! Aber ich werde mir den Mut nicht nehmen lassen, nein, das wird nicht passieren! Entschlossen schminke ich mich fertig, hole noch die Jacke aus meinem Zimmer und gehe zum Wohnzimmer. Im Flur werfe ich noch einmal einen Blick in den Flurspiegel. Bestens! Alles wunderbar!
»Also, tschüs dann«, rufe ich ins Wohnzimmer, indem ich nur meinen Kopf in den Türspalt stecke. Sie sehen komisch aus, die beiden da auf dem Sofa. Es wirkt irgendwie zu groß für sie. Mama ganz rechts, Papa ganz links und in der Mitte ein Loch.
»Ich bin um zwölf Uhr zurück. Ist das okay?«

»Zwölf ist ein bisschen spät, findest du nicht?«
»Lass sie doch«, sagt Papa, ohne von seinem Film aufzugucken.
»Na gut. Aber warte noch, ich möchte dich noch richtig verabschieden!« Mama erhebt sich aus ihrer Sofaecke.
»Nein, nein, gar nicht nötig!«, rufe ich, ziehe mich schnell aus der Wohnzimmertür zurück und – rumms! – lasse die Wohnungstür krachend ins Schloss fallen. So schnell ich kann, flitze ich um die nächste Ecke. Auf dem ganzen Weg zu Tommis Party ersticke ich alle aufkommenden Zweifel mit Inas Sätzen: Du hast doch eh nichts zu verlieren! Und: Sei mal ein bisschen mutig!

Die Party

Ina legt auf. Na, hoffentlich hat der Anruf geholfen und Miri kommt, denkt sie. Das wäre für Miri wirklich die Chance, Raphael endlich näher zu kommen.

Ina geht zu Tommi hinter die Bar. Der hantiert mit Flaschen und Salatschüsseln rum.

»Kann ich was helfen?«

»Oh ja, ich könnte gut Hilfe gebrauchen.« Er fährt sich mit dem Handrücken über die Stirn.

»Oh weh, du bist ja schon völlig geschafft. Was soll ich tun?«, fragt Ina.

»Die Soße für den Nudelsalat. Ich habe das Rezept nicht gefunden, und wenn ich da jetzt was reinpansche, wirds ungenießbar!«

Ina muss lachen. Sie krempelt ihre Ärmel hoch und fängt an, allerlei Zutaten aus dem Kühlschrank zu holen und zusammenzurühren.

Als Tommi sie einlud, konnte sie sich noch nicht vorstellen, sich auf eine Party zu freuen, auf der Fabio nicht auch war. Doch je länger der Urlaub zurückliegt, umso wichtiger werden ihr die Freunde und ihr »altes« Leben wieder. Ina hat sich zwar schon mal gefragt, ob das bedeutet, dass Fabio vielleicht doch nicht die supergroße Liebe sei, aber den Gedanken hat sie schnell wieder verdrängt. Es ist ein so schönes Gefühl, eine große Liebe zu haben, auch wenn sie ganz weit weg ist. Und sie findet auch

Vorsicht TIPP Falle!

**8 Alarmzeichen, an denen du merkst,
dass du mit dem falschen Jungen zusammen bist!**

1. Du hörst ihm nicht richtig zu, wenn er etwas erzählt.
2. Sein Sternzeichen ist dir egal.
3. Du versuchst nicht, ihn zu ändern.
4. Du denkst oft an die Zeit zurück, bevor ihr ein Paar wart.
5. Wenn er weg ist, vermisst du ihn nicht wirklich.
6. Auf Partys gehst du lieber allein.
7. Du magst seine Kumpels nicht.
8. Gemeinsame Unternehmungen planst du nicht gerne im Voraus.

Fabios Briefe ganz toll. Dennoch – irgendwie gerät er immer weiter in den Hintergrund.
»Sag mal, weißt du, wo Lea ist?«, fragt Tommi.
»Lea? Nee! Das hab ich mich auch schon gefragt.«
Raphael kommt hinter die Bar. Jetzt wirds eng. Ina fällt auf, dass sich Raphael in letzter Zeit ständig in ihrer Nähe aufhält. Ein verrückter Gedanke kommt ihr: Der wird doch nicht in mich verliebt sein? Sie betrachtet Raphael kurz von der Seite und verwirft den Gedanken gleich wieder. Nein, der nicht, der weiß wahrscheinlich gar nicht, was Verliebtsein ist.

Raphael ist aufgeregt wie nie. Ina ist ganz früh gekommen und sieht wunderschön aus. Sie hat die Haare hochgesteckt und ein leichtes, langärmeliges Sommerkleid an, dessen rosa Farbe prima zu ihrer braun gebrannten Haut passt. Natürlich spricht sie oft mit Tommi, der hat sie schließlich eingeladen und geht in ihre Klasse. Aber Raphael ist sich sicher, dass Ina nicht auf Tommi steht wie so viele andere Mädchen. Auf Tommi fahren eher Mädchen ab wie Dani, die viel Haut zeigen und etwas draufgängerischer sind. Für Ina ist Tommi bestimmt eine Nummer zu reif. Sie würde viel besser zu mir passen, denkt Raphael. Und jetzt ist sie hier, im Haus, in der Küche. Sie berührt die Teller, das Besteck, das Handtuch, das er jeden Tag berührt. Sie verzaubert die ganze Umgebung.
Ina ist völlig auf den Nudelsalat konzentriert und beachtet Raphael nicht weiter. Wie fange ich es nur an?, überlegt Raphael und wird immer

aufgeregter. Eine Menge Anfangssätze schwirren ihm durch den Kopf, aber keiner gefällt ihm. Er hat sich fest vorgenommen, Ina die Kassette zu geben, die er für sie aufgenommen hat. Eine Kassette mit Minnesang. Denn Ina interessiert sich ja dafür. Sie ist eben nicht wie die anderen, die nur auf Popmusik stehen. Sie ist besonders.
»Ich hol mal noch einen Kasten Cola aus dem Keller«, sagt Tommi und verschwindet. Das ist die Gelegenheit! Raphael zieht schnell die Kassette aus der Hosentasche.
»Ich hab dir was aufgenommen«, sagt er so locker wie möglich, als wäre gar nichts Besonderes dabei. Es klingt trotzdem total verkrampft.
»Echt?« Ina ist erstaunt. »Was denn?«
»Ach, nur ein bisschen Liebeslyrik aus dem Mittelalter. Du interessierst dich doch dafür?«
Ina fängt an schallend zu lachen.
Was ist denn jetzt los?
»Pfff! Das haben wir doch nur so gesagt, das stimmt doch gar nicht!«, prustet sie und kriegt sich gar nicht mehr ein. »Wir wollten am Wandertag einfach lieber bei euch mitgehen, aber Minnesang finde ich ehrlich gesagt stinklangweilig.«
Raphael ist erschrocken. Er steckt die Kassette wieder ein. So was Peinliches. Damit hat er sich ja total blamiert. Hat Ina ihn ausgelacht? Ich sollte schnell etwas Lustiges sagen, um die peinliche Situation zu über-

spielen, denkt er. Aber ihm fällt einfach nichts ein. Ein unangenehmes Schweigen entsteht.
Zum Glück kommt Tommi in dem Moment wieder.
»Hier, stell mal ein paar Flaschen in den Kühlschrank«, fordert er Raphael auf. Raphael ist froh, etwas tun zu können, was von der peinlichen Situation ablenkt. Er wendet Ina den Rücken zu. Sie sagt nicht mal »Trotzdem danke!« oder so was. Eigentlich ziemlich unhöflich und unfreundlich, findet Raphael. Sie ist richtig kühl. Wahrscheinlich steht sie wie alle anderen auf Britney Spears und Pink. Raphael ist enttäuscht. Wie gut, dass es an der Tür klingelt und Ina öffnen geht …

20.45 Uhr. Lea steht auf dem Bahnsteig und wartet auf den Zug aus Italien. Vorgestern erst hat Fabios Schwester sie angerufen und einen Überraschungsbesuch von Fabio angekündigt. Sie hat Lea gefragt, ob sie Fabio abholen und zu Ina bringen könnte. Die Vorstellung, plötzlich vor Inas Tür zu stehen, findet Fabio unglaublich romantisch. Lea ist tief beeindruckt von Fabio. Wie verliebt er in Ina ist, und was er alles für sie tut! So was hätte sie auch gern. Lea muss an die Minnesangausstellung denken und an die Szenen aus dem Mittelalter: Unter den Fenstern der Liebsten trällerten die Minnesänger ihre Liebeslieder. Fast hätte sie laut losgeheult.
Wenn sie Fabio nicht abholen müsste, würde sie gar nicht auf Tommis Party gehen. Sie würde sich viel lieber wieder in ihrem Zimmer verkriechen! Die Sache mit Herrn Göttling sitzt ihr noch tief in den Knochen. Er tut zwar in der Schule immer so, als wäre nichts geschehen, und ist

freundlich zu ihr, aber in seinem Unterricht möchte sie vor Scham am liebsten jedes Mal im Erdboden versinken. In den Pausen verkriecht sie sich in den Ecken, damit sie ihm nicht irgendwo über den Weg läuft. Noch nie hat sie sich so unwohl in ihrer Haut gefühlt.
Der Zug fährt ein. Lea reckt den Hals, um Fabio zwischen all den Reisenden zu finden.
Als er plötzlich vor ihr steht, erkennt sie ihn kaum wieder. Er hat längere Haare bekommen und in den Klamotten sieht er fremd aus, schließlich hatte sie Fabio nur in kurzen Sommerhosen oder in seinen Badeshorts gesehen.
»Ciao, bella Lea«, sagt er strahlend.
»Hallo, Fabio«, antwortet Lea. Mit Händen und Füßen versucht sie zu fragen, wie die Fahrt war.
»No problemo«, sagt Fabio und lacht.

»Ciao, bella Lea«, sagt er strahlend.

Sie gehen gemeinsam zur Bushaltestelle. Jetzt wirds spannend, denkt Lea. Wie Ina wohl reagieren wird? Die flippt bestimmt total aus!
Plötzlich fällt Lea ein, dass sie Fabio noch die romantische Türszene ausreden muss, weil Ina ja auf der Party und nicht zu Hause ist. Sie versucht es ihm zu erklären, doch leider vergebens. Okay, denkt sich Lea, wir fahren einfach hin, er wirds dann schon kapieren. Gemeinsam steigen sie in den Bus, der in der Nähe von Tommis Haus hält.

Tipp: Gib dem Liebeskummer keine Chance!

5 Songs, die aufbauen:

1. P!NK »Trouble« – der Ego-Pusher schlechthin.
2. Marylin Manson »Tainted Love« – abrocken und mal richtig die Sau rauslassen.
3. Anastacia »I'm Outa Love« – Schluss mit Herzschmerz und Selbstmitleid.
4. Avril Lavigne »He Wasn't« – der Titel sagt alles!
5. Robbie Williams »Straighten Up And Fly Right« – jetzt heißt es: Augen zu und durch!

5 Filme, die helfen:

1. »Der Club der Teufelinnen« – Rache kann sooo süß sein!
2. » ... Und dann kam Polly« – Lach-Therapie gegen Liebeskummer.
3. »Eine Hochzeit zum Verlieben« – auch Trennungsschmerz kann lustig sein.
4. »Die Hexen von Eastwick« – jetzt gehts dem Macho an den Kragen!
5. »About A Boy« – auch coole Männer haben gebrochene Herzen, hehe ...

5 Dinge, die ablenken:

1. Banana-Split essen und jede Menge Glückshormone freisetzen.
2. Ein neues Tagebuch anfangen und den Beginn deines neuen Lebens feiern!
3. Work your body! Fitness-Trainig ist besser als Heulsessions auf der Couch!
4. Frische Luft und Sonnenstrahlen sind gut für die verletzte Seele!
5. Ein neuer Look, eine neue Frisur – danach fühlst du dich wie neugeboren.

Tommi ist aufgeregt. Die Party läuft richtig gut an. Immer mehr kommen. Je voller die Bude wird, umso mehr steigt die Stimmung.
Wenn die ersten tanzen, hab ich es geschafft, denkt er. Er sucht nach der CD, die er zum Geburtstag bekommen hat. Da sind eine Menge Nummer-1-Hits drauf. Die könnte er einlegen und erst mal 'ne Zeit lang laufen lassen. Da ist jedes Lied super. Zum Glück findet er sie unter dem Regal und legt sie ein. Nun hat er endlich Zeit, sich wieder ums Essen und die Getränke zu kümmern. Ob das wohl alles reicht? Wo ist denn Raphael? Er könnte ruhig auch mal ein bisschen mithelfen. Tommi schaut sich um. Und wo bleibt nur Lea? Selbst ihre beste Freundin Ina hatte keine Ahnung, wo sie ist. Hoffentlich hat sie es sich nicht anders überlegt. Die Mädchen sehen alle super aus, aber heute interessiert Tommi keine so sehr wie Lea. Wenn sie nur endlich käme! Sie wäre der absolute Höhepunkt der Party.

Plötzlich steht Dani neben ihm und schaut ihn auffordernd an.
»Hi, Tommi, coole Party, kann ich dir bei irgendwas helfen?«
Dani hat einen ultrakurzen Jeans-Minirock und ein hautenges T-Shirt an, sodass man ihren BH darunter erkennen kann. Sie ist ziemlich geschminkt und an ihren Ohren baumeln zwei große Kreolen-Ohrringe.
»Hi, Dani, wenn du Lust hast, kannst du noch ein bisschen Brot schneiden«, sagt Tommi und blickt Dani abwesend an.
Lieber wäre es ihm, wenn Lea da wäre und ihm helfen würde. Zusammen zu arbeiten ist immer eine gute Gelegenheit, sich näher zu kom-

men.
»Gleich«, sagt Dani und nimmt Tommi bei der Hand. »Zuerst tanzt du mal mit mir!«
Gerade läuft ein Schmusesong. Dani zieht Tommi ins leer geräumte Wohnzimmer und drückt sich eng an ihn. Tommi kann ihren Busen spüren. Er legt seine Arme um sie und bewegt sich sanft im Rhythmus der Musik. Dani fühlt sich gut an, aber seine Gedanken sind bei Lea.

Dani legt ihren Kopf auf Tommis Schulter und schmiegt sich enger an ihn. Ihre Nase berührt Tommis Hals. Er riecht so gut, dass sie ihn einfach küssen muss, sie kann sich nicht länger zurückhalten. Vorsichtig berührt sie mit ihren Lippen seinen Hals und beginnt, ihn mit kleinen Küssen zu übersäen.
»He, Dani, hör auf damit!« Tommi drückt ihren Kopf zur Seite. Er stellt sich vor, Lea würde zur Tür reinkommen und ihn so mit Dani sehen. Das wäre eine Katastrophe!
»Komm schon, Tommi«, flüstert Dani und hängt sich noch enger an seinen Hals. Jetzt schiebt Tommi sie energisch von sich. Was bildet Dani sich nur ein? Dass alle auf sie abfahren, die sie anbaggert, oder was?
»Mann, Dani, du kapierst aber auch überhaupt nichts!«, sagt Tommi unwirsch. »Du gehst echt manchmal zu weit!«
Dani schluckt. Was meint er damit?
Aber anstatt zu fragen, faucht sie zurück: »Das musst gerade du sagen!«

Do you speak Boyish?

Ein Sprachführer für Jungs-Talk!
Das sagen Jungs,
und das meinen sie wirklich:

»Es würde zu lange dauern, das jetzt zu erklären.«
[Ich hab von der Sache keine Ahnung.]

»Hast du was?«
[Mach doch nicht aus jeder Kleinigkeit ein Drama!]

»Das Outfit ist toll ... das andere auch ... das sieht auch gut aus.«
[Zieh doch an, was du willst, und frag mich nicht andauernd!]

»Wie sehr liebst du mich?«
[Ich hab Scheiße gebaut und du findest es höchstwahrscheinlich bald heraus.]

»Ich hab meine Gründe ...«
[... leider fallen sie mir gerade nicht ein.]

»Ich weiß nicht, ob ich momentan bereit bin für was Festes.«
[Sex: ja bitte, Beziehung: nein danke!]

»Können wir bitte ein anderes Mal darüber sprechen?«
[Können wir das Thema bitte vergessen?]

»Ich brauch mehr Freiraum.«
[Ich hab mich in eine andere verknallt, aber die will noch nicht so richtig.]

»Vielleicht sieht man sich ja irgendwann.«
[Hoffentlich sehe ich dich nie wieder!]

»Ich finds toll, wenn Mädchen wissen, was sie wollen.«
[Ich fänds toll, wenn du auch mal beim Sex richtig zur Sache kommen würdest.]

»Du siehst heute echt süß aus.«
[Ich will Sex.]

»Ich find kurze Haare bei Mädchen ganz interessant.«
[Lass dir bloß nicht die Haare schneiden!]

»Ehrlich, du bist wirklich ein ganz tolles Mädchen.«
[Freundschaft: ja,
Beziehung: nein danke.]

»Tut mir Leid, morgen Abend hab ich Training.«
[Da zieh ich mit den Jungs um die Häuser.]

»Nein, du bist nicht zu dick!«
[Nein, du bist nicht zu dick!]

»Red ruhig weiter, ich hör zu.«
[Lass mich endlich in Ruhe die Bundesliga gucken!]

»Pamela Anderson sieht echt total billig aus.«
[Ich will die zwar nicht als Freundin, würde sie aber bestimmt nicht von der Bettkante stoßen!]

»Ich dachte, wir bleiben heute Abend mal zu Hause.«
[Ich will Sex.]

»Ich hab gar nicht gesehen, dass meine Hose schmutzig ist.«
[Ich weiß, dass meine Hose schmutzig ist, aber ich hab sie trotzdem angezogen, weils mir egal ist.]

»Ich muss mal wieder was mit den Jungs machen.«
[Ich WILL mal wieder was mit den Jungs machen – ohne dich!]

»Du hast echt schöne Augen!«
[Deine Augenfarbe würde supergut zu meiner Bettwäsche passen.]

»Soll ich dich massieren?«
[Ich will an dir herumfummeln – und anschließend erwarte ich natürlich, dass du mich massierst und an mir herumfummelst.]

„Wir telefonieren … «
[… nicht!]

»Alles in bester Ordnung. Ich bin nur etwas durch den Wind.«
[Ich hab Probleme, will aber lieber alleine damit klarkommen.]

»Deine Figur ist viel weiblicher als früher.«
[Du hast ganz schön zugenommen.]

»Deine Freundin ist echt nett!«
[Die könnte mich reizen …]

»Du bist aber heute gut drauf!«
[Bleib bitte locker, du bist ganz schön überdreht!]

»Es tut mir Leid!«
[Ich habe keine Lust weiterzudiskutieren – lass uns lieber ein bisschen kuscheln!]

»Das ist Männersache!«
[Ich weiß nicht, wie ichs dir am besten erklären soll.]

»Uhuhhhm … ja, ja.«
[Ich weiß eigentlich gar nicht, wovon du gerade redest.]

»Sei nicht immer so materialistisch!«
[Ich erinnere mich zwar an den Anfangsdialog von »Stirb langsam«, jedes Bundesliga-Tor von 1991 bis heute und an die BH-Größe meiner Exfreundin, hab aber leider deinen Geburtstag vergessen und deshalb kein Geschenk besorgt.]

»Schon okay, das sieht schlimmer aus, als es ist!«
[Ich hab zwar wahnsinnige Schmerzen und mein Fuß ist schon auf doppelte Größe geschwollen, aber ich will nicht zum Arzt, weil ich panische Angst vor Spritzen habe.]

»Was hab ich denn jetzt wieder verbrochen?«
[Verdammt, du hast mich erwischt!]

»Lass uns den Film anschauen, der soll echt toll sein!«
[Darin gibts Explosionen, schnelle Autos und dickbusige Blondinen.]

»Wir müssen reden!«
[Ich möchte Schluss machen. Hätte ich sonst das Bedürfnis zu reden?!]

»Merkst du nicht, dass schon alle über dich herziehen, weil du immer jeden anmachen musst?«
»Das stimmt doch gar nicht!« Dani ist empört. »Wer denn?«
»Na einfach alle! Dich nimmt doch keiner mehr ernst. Wie du rumläufst und dich rausputzt, das ist echt 'ne Spur zu krass! Da kannste dir ja gleich aufs T-Shirt schreiben ›Wer will mich haben?‹«.
So ein Idiot! Dani ist verletzt, und das macht sie sauer. Sie ist den Tränen nahe. Was bildet der sich eigentlich ein?
»Ach nee!«, sagt sie schnippisch. »Die meisten wollen mich ja auch haben, sonst würden sie wohl kaum mit mir rumknutschen!«
»Mehr aber auch nicht!«, sagt Tommi und dreht sich einfach um.

TIPP 5 Anzeichen, die dir verraten, dass er Schluss machen will:

1. Er hat dir seine neue Handy-Nummer nicht gegeben.
2. Wenn du ihn nach seinem Fußball-Training abholen willst, sind seine Freunde total überrascht, dich zu sehen.
3. Er küsst dich nicht, weil er angeblich ein Fieberbläschen hat – nimmt aber einen kräftigen Schluck aus deinem Glas.
4. Wenn du dich mit ihm verabreden willst, druckst er ein »Ich weiß echt nicht, ob ich da Zeit habe ...« raus.
5. Er sagt: »Ich MUSS unbedingt mit dir reden!«

Schließlich hat er andere Sorgen. Da klingelt es an der Haustür. Eilig läuft er hin und öffnet, aber es ist wieder nicht Lea …
Schon von weitem hört Miriam die laute Musik. Der Lärm wirkt beängstigend auf sie, und kaum sieht sie Tommis Haus mit den erleuchteten Fenstern, weicht all ihr Tatendrang. Mutlos lehnt sie sich an eine Hauswand auf der gegenüberliegenden Seite und beobachtet eine Weile das Treiben. Das altgewohnte Gefühl der Ausgeschlossenheit macht sich wieder in ihr breit. Miriam fühlt sich albern und lächerlich mit der Schminke und dem drückenden BH unter dem engen T-Shirt. Ob sie vielleicht doch lieber wieder nach Hause gehen soll? Doch dann müsste sie die blöden Fragen, Sorgen und Ratschläge ihrer Eltern über sich ergehen lassen. Nee, das würde meiner Stimmung den Rest geben, denkt sie und spürt deutlich, dass es jetzt ums Ganze geht. Ich muss da rein. Und noch schlimmer: Ich muss mit Raphael reden, und zwar ganz normal, bis er kapiert, dass ich gar nicht so bin, wie alle meinen.
Gerade als sie sich einen Ruck geben will, sieht sie Lea um die Ecke kommen. Was hat sie denn da für einen Typen an ihrer Seite?, fragt sich Miriam und geht auf die beiden zu, froh, jetzt nicht mehr alleine auf die Party gehen zu müssen.
»Hallo, Miriam!«, begrüßt Lea sie. »Hey, du siehst ja toll aus. Wusste gar nicht, dass du auch kommst.«
Miriam glüht vor Stolz.
»Hallo, Lea«, sagt sie, dann nickt sie dem Unbekannten mit der Reisetasche zu.
Fabio lächelt sie freundlich an. »Buona sera.«

Ob das Inas Italiener ist?
»Tu sei Fabio?«, fragt Miri.
»Ah! Parlate italiano? Si, sono Fabio.«

»Das glaub ich nicht«, staunt Miriam, »wie kommt der denn hierher?«

»Ah! Parlate italiano?«

»Erzähl ich dir später, jetzt gehen wir erst mal rein«, antwortet Lea. »Ina wird vielleicht Augen machen!«

Und wieder klingelt es. Ina schaut sich um. Tommi ist gerade im Keller und Raphael sitzt in der hintersten Ecke und sieht gar nicht glücklich aus. Ob er wegen der Kassette schmollt? Komischer Typ. Alle anderen Gäste scheinen das Klingeln nicht gehört zu haben oder ignorieren es. Also gut, denkt sie, geht zur Tür, öffnet sie und …
… fällt beinahe in Ohnmacht.
»Fabio!«
Ina steht wie geschockt in der Tür und kann sich nicht rühren. Fabio geht auf sie zu und nimmt sie stürmisch in die Arme. Das ist zu schnell und zu viel! Ina entwindet sich seiner Umarmung. Sie ist völlig verwirrt! Fabio ist hier! Der Fabio! Ihr Fabio, ihre große Liebe aus Italien. Eigentlich ist das der Moment, den sie sich seit der Heimreise aus Italien sehnlichst herbeigewünscht hat. Sie schaut Fabio an. Wie er dasteht und sie anlacht! Warum freue ich mich denn nicht, denkt Ina verzweifelt. Sie lächelt ihn zaghaft an. Unsicher nimmt sie Fabios Hand und

wendet sich erst mal ihren beiden Freundinnen zu, vor allem auch, um Zeit zu gewinnen.
»Hallo, Miri, du siehst gut aus. Find ich toll, dass du gekommen bist.« Sie tätschelt Miriams Schulter, ohne wirklich bei der Sache zu sein. In ihrem Kopf herrscht größtes Chaos. Ihre Gedanken und Gefühle schwirren wild durcheinander.
»Hi, Lea, hast du gewusst, dass Fabio kommt?«
»Ja, seine Schwester hat mich vorgestern angerufen und gesagt, dass er dich besuchen will. Ich hab ihn gerade vom Zug abgeholt.« Und nach einer kurzen Pause fragt sie: »Alles klar bei dir?«
»Ja ja, geht schon«, lügt Ina, weil sie im Moment nicht einmal ihrer besten Freundin sagen kann, was in ihr vorgeht. Sie geht mit Fabio an die Theke und fragt ihn in Zeichensprache, was er trinken möchte.

»Deutsches Bier«, sagt er.
»Oh, hast du in der Zwischenzeit Deutsch gelernt?«
Doch Fabio schaut Ina nur verständnislos an, lächelt und zieht sie zu sich heran. Die beiden fangen an zu schmusen. Ina merkt schnell, dass sie sich dabei nicht wohl fühlt. Es ist ihr irgendwie peinlich, hier unter ihren Freunden mit Fabio rumzuschmusen. Sie fühlt sich beobachtet und entzieht sich daher wieder Fabios Umarmung. Was ist nur mit ihr los? Fabio streicht ihr sanft über den Oberarm und schaut sie fragend an. Doch Ina kann ihm jetzt nicht in die Augen schauen. Sie schämt sich, weil sie sich nicht freut. Da hat er diesen weiten Weg gemacht und sie hat nur Chaos im Kopf! Verlegen schaut sich

Ist er Mr. Right?

11 Signale, an denen du erkennen kannst, dass er der Richtige ist …

- ❍ 1. Du fühlst dich in seiner Gegenwart pudelwohl.
- ❍ 2. Er ist zuverlässig und immer für dich da.
- ❍ 3. Ihr habt ähnliche Vorstellungen, Ziele und Ideale.
- ❍ 4. Du fühlst dich auch optisch von ihm angezogen.
- ❍ 5. Er akzeptiert dich so, wie du bist.
- ❍ 6. Du kannst mit ihm lachen und Spaß haben.
- ❍ 7. Ihr könnt über alles reden.
- ❍ 8. Er kann sich für dich freuen.
- ❍ 9. Er ist aufrichtig zu dir.
- ❍ 10. Er ist nicht Besitz ergreifend.
- ❍ 11. Er akzeptiert deine Clique.

Ina um. Da sieht sie, wie sich Raphael angeregt mit Miriam unterhält. Na, wenigstens klappts bei Miri!

»So Partys sind eigentlich nicht mein Ding«, sagt Miri zu Raphael und setzt sich neben ihn.
»Meins auch nicht«, sagt Raphael. »Dafür umso mehr Tommis. Das Ganze war ja seine Idee.«
Was ist heute Abend nur so anders an Miri?, überlegt Raphael, während er mit ihr spricht. Das kann doch nicht nur das bisschen Lippenstift sein? Lippenstift findet er eigentlich doof, aber bei Miri sieht er irgendwie ganz gut aus und überhaupt, sie macht einen selbstbewussteren Eindruck als sonst …

Raphaels Blick schweift rüber zu Ina und Fabio hinter der Theke. Zuerst war er ziemlich erschrocken, als Miri plötzlich mit Lea und diesem Italiener aufgekreuzt ist. Zwar hat er schon von der Geschichte mit Fabio gehört, sie aber nicht ernst genommen. Fabio ist doch genau so ein Typ wie die, die im Urlaub scharenweise die blonden, deutschen Mädels angeschleppt haben. Sonnengebräunt und immer mit einem breiten Grinsen auf dem Gesicht. Anscheinend steht Ina auf solche Typen. Was ist nur so toll an denen? Ina und Fabio können ja noch nicht einmal miteinander sprechen! Geht es denn immer nur ums Aussehen und um das Eine? Aber wenn ich ehrlich bin, denkt Raphael, habe ich mich auch in Ina verliebt, weil ich sie hübsch fand. Er kannte sie ja kaum. Und auch Miri fällt ihm heute mehr auf als sonst – nur weil sie hübscher ist! Ja,

das Aussehen ist wohl doch der erste Schritt. Aber dann … dann muss doch noch mehr kommen, oder? Und da scheint er sich ja bei Ina mächtig getäuscht zu haben!
»Und wenn es nach dir ginge, was hättest du anstatt einer Party gemacht?«, fragt Miri und blickt Raphael prüfend ins Gesicht. Dabei schießen ihr immer wieder die gleichen Gedanken durch den Kopf: Das gibts nicht, das gibts nicht, das gibts nicht! Ich spreche mit ihm, ich spreche tatsächlich mit ihm! Seine Augen sind einfach umwerfend. Kann man sich noch einmal in jemanden verlieben, in den man schon so lange verliebt ist?

Raphael guckt Miri an. »Ich hätte wahrscheinlich nur den ganzen Abend gelesen.« Raphael zuckt mit den Schultern. »Ich bin eher ein langweiliger Typ.«
»Sag das nicht«, lächelt Miri. »Sonst musst du für mich noch 'ne Steigerung von stinklangweilig finden. Ich verbringe nämlich neunzig Prozent meiner Freizeit mit Lesen.«
»Und die restlichen zehn Prozent?«
»Da bringe ich das ausgelesene Buch zur Bücherei und hole mir ein neues!«
Raphael muss grinsen.
»Dort hängt bestimmt ein Bild von dir – als Leseratte des Monats!«
Miri strahlt Raphael an. Na, das klappte doch ganz gut. Die Unterhaltung läuft zumindest recht locker. Und die Musik und dieses komische Sofa tun das Ihrige dazu.

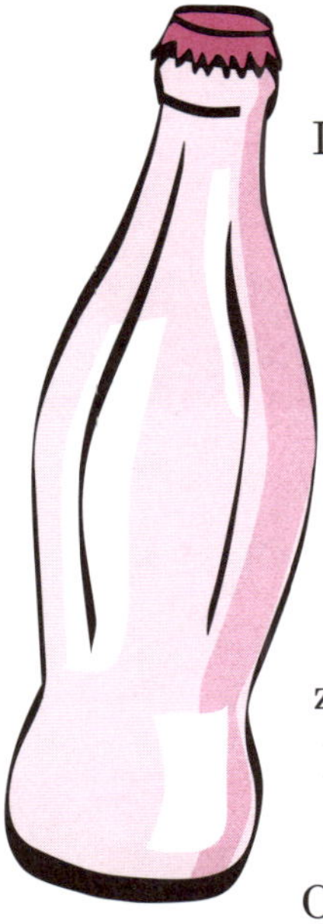

Das Sofa ist so weich, dass sie immer näher zusammenrutschen. Da muss Miri gar nicht viel nachhelfen. Aber das hätte sie sich sowieso nie getraut!

Lea steht zunächst ziemlich verloren herum. Kurz überlegt sie sogar, ob sie sich unauffällig davonmachen soll, schließlich hat sie jetzt ihre Aufgabe erfüllt und die Partylaune rührt sich immer noch nicht in ihr. Einen Drink nehme ich noch, denkt sie sich und geht zur Bar. Dort stehen eine Menge Flaschen und Gläser. Lea will sich gerade eine Cola nehmen, da schnellt plötzlich Tommi von unten hoch, der gerade verschütteten Orangensaft aufgewischt hat. »Lea!«, ruft er erfreut und strahlt übers ganze Gesicht.

»Hallo, Tommi«, sagt Lea und wundert sich. Okay, er ist ein Strahlemann, das ist bekannt, aber dass er sooo viel Freude ausstrahlen kann – das ist ihr neu und sie fragt sich zum ersten Mal, ob Tommi vielleicht in sie verliebt sein könnte. Ein eigenartiger Gedanke, aber auch irgendwie schön, denn anscheinend ist Tommi doch ein ganz netter Typ, zumindest neulich an der Bushaltestelle.

»Schön, dass du da bist«, sagt Tommi. »Möchtest du was trinken?«

»Ja, 'ne Cola. Ich geh aber gleich wieder, mir ist nicht so gut.« Lea nimmt dankend das Glas an und setzt sich damit in einen Sessel. Überall Pärchen, denkt sie, als sie die Gäste betrachtet. Sogar Miriam und Raphael unterhalten sich anscheinend ganz angeregt. Wenn das was werden würde … der Miri würd ichs echt gönnen.

Und Ina? Die sieht komischerweise gar nicht glücklich aus. Aber immerhin hat sie einen. Und ich hab nichts und niemanden!

In dem Moment setzt sich Tommi neben sie auf die Sessellehne.

»Na Lea, so alleine hier?«, sagt er, als hätte er ihre Gedanken gelesen. Er prostet ihr mit seinem Glas zu und lächelt sie an. »Du darfst noch nicht gehen. Gibt es ein Rezept, mit dem ich dich aufheitern kann?«

Dieser Tommi kommt immer im richtigen Moment, denkt Lea und sagt laut: »Ach, ich bin einfach schlecht drauf.«

»Immer noch genauso wie am Donnerstag?«

»Immer noch genauso wie am Donnerstag.«

»Ich gehe mal davon aus, dass du mir nicht erzählen willst, was oder wer dir da über die Leber gelaufen ist, oder?«

»Richtig, das bleibt mein Geheimnis.« Lea schaut verlegen in ihre Cola. Tommi nimmt ihr das Glas vorsichtig aus der Hand, stellt es auf den Tisch und führt sie zur Tanzfläche.

»Okay, hüte du dein Geheimnis und bleib schlecht drauf, aber bevor du gehst, um weiter Trübsal zu blasen, möchte ich mit dir tanzen.«

Schnell legt er eine CD ein und nimmt Lea in die Arme.

Yep! Sie tanzt mit mir!, denkt Tommi überglücklich und nimmt jede Bewegung und jede Berührung von Lea wahr. Er hat den Lieblingssong seines Vaters aufgelegt. Ein ganz langsames Lied aus den Sechzigerjahren, das keiner kennt, und Tommi spürt, dass Lea beein-

druckt ist. Sie legt ihren Kopf auf seine Schulter und bewegt sich langsam im Rhythmus der Musik. Wenn sie nach diesem Lied doch bleibt, habe ich Chancen, denkt Tommi und hält Lea fest in seinen Armen.
Dani sitzt in der Ecke auf dem Sofa und überlegt, ob sie lieber gehen soll. Ihre Laune ist im Keller. Schau mal, wie du rumläufst … das ist echt 'ne Spur zu krass, hat Tommi gesagt. Und sie wollte wegen dem Idioten sogar noch das bauch- und schulterfreie T-Shirt klauen! Bescheuert!
Eigentlich hat sie ja ein recht dickes Fell bei Kritik und lässt alles an sich abprallen. Sollen die doch denken, was sie wollen, das ist ihr bisher ganz egal gewesen. Aber heute ist das irgendwie anders. Liegt es daran, dass Dani Tommi besonders cool findet oder daran, dass er vielleicht sogar Recht hat? Dani weiß es nicht. Noch nie hat sie auf einer Party schlechte Laune gehabt. Ist ja auch voll daneben, man kommt schließlich, um Spaß zu haben, um gut drauf zu sein und zu feiern und natürlich um zu knutschen. Aber das alles kann sie sich heute ja wohl abschminken.

Dani schaut frustriert in die Runde. Erst jetzt sieht sie, dass Tommi und Lea miteinander tanzen. Oh nein! Nicht das auch noch, denkt sie. Was hat denn Lea, was ich nicht auch habe? Sie ist nicht wirklich hübscher. Zugegeben, hässlich ist sie nicht, aber das bin ich auch nicht. Lea zieht sich normaler, irgendwie unauffälliger an. Und – Dani lässt all die Partys der letzten Monate durch ihren Kopf sausen – ich habe sie noch

nie mit einem Jungen gesehen! Die muss doch langweilig sein. Oder ist es genau das, was Tommi an ihr gut findet?
Dani geht genervt zur Bar. Eine Cola noch, dann will sie verschwinden. An der Bar hocken Ina und ein Fremder. Dani stutzt. Wer ist denn das? Möglichst unauffällig bleibt sie in der Nähe der beiden stehen, um sie zu belauschen. Aber da herrscht nur Schweigen. Ist ja eine eigenartige Stimmung, denkt Dani und beäugt den Typen noch genauer. Süßer Kerl, urteilt sie, und schon erwacht wieder der Jagdtrieb in ihr. Wenn er mit Ina da so gelangweilt sitzt, könnte ich doch vielleicht … Und schon steht sie neben Ina.
»Hi, willst du mich nicht vorstellen?«
»Hi, Dani. Das ist Fabio aus Italien.«
»Oh, etwa deine große Flamme aus den Sommerferien?«, fragt Dani staunend.
Ina nickt. Sie mag zwar Dani nicht besonders gerne, aber sie ist froh, dass sie jetzt nicht mehr mit Fabio alleine ist. Dieses bedrückende Schweigen war unerträglich. Aber was sollte sie nur tun? Ihre Verwirrung übergehen und einfach drauflosknutschen, als wäre nichts? Das kann sie einfach nicht!
»Wie findest du ihn?«, fragt Ina.
Dani muss lachen.
»Guter Typ, keine Frage«, antwortet sie und lacht weiter. »Aber findet er das nicht ein bisschen komisch? Ist ja wie im Zoo. Wir glotzen ihn an, reden über ihn und er kapiert nichts!«
»Que passa?« Fabio blickt die beiden Mädchen fragend an.

Doch die zucken nur mit den Schultern.
»Also, ich geh dann mal. Euch noch ’nen schönen Abend«, sagt Dani, aber das gefällt Ina gar nicht.
»Bleib doch noch«, rutscht es ihr heraus.
»Ich soll noch bleiben? Du hast deinen Traumboy hier und ich soll noch bleiben? Was soll das denn?«
»Na ja …« Ina weiß nicht so recht, was sie sagen soll. Sie hat einfach Angst, mit Fabio alleine zu sein. Besser Dani als niemand. Aber das kann sie natürlich so nicht sagen.
»Mir gehts nicht so gut. Kannst du mal kurz hier bleiben? Er kennt doch niemanden hier. Ich muss mal aufs Klo«, sagt sie schließlich.

Kuss-Facts:

1. Pro Kuss werden etwa 16 Kalorien verbraucht.
2. In unserem Leben küssen wir 100 000 Mal.
3. Viel küssen verlängert die Lebensdauer um bis zu fünf Jahre.
4. Küssen ist Fitness für bis zu 38 Gesichtsmuskeln.
5. Den Rekord im Dauerküssen hält ein italienisches Pärchen: 31 Stunden und 18 Minuten.

TIPP Wenns mal Zoff gibt, dann …

- … streitet euch! Schließlich ist das besser und gesünder, als einander anzuschweigen oder aus dem Weg zu gehen.
- … versuche, fair zu bleiben. Fiese oder zynische Bemerkungen führen meist nur zu einem bösen Rosenkrieg.
- … kram keine Geschichten von vorgestern hervor. Die reißen nur alte Wunden auf und sind längst verziehen und vergessen.
- … hilft es, sich in den anderen hineinzuversetzen und schwupps hat sich der Streit in Luft aufgelöst.
- … kannst du ihm deine Argumente schriftlich geben und damit sinnloses Um-den-heißen-Brei-Reden vermeiden.
- … muss man sich auch mal entschuldigen können.
Das tut eigentlich gar nicht weh und kostet nur ein bisschen Überwindung.
- … lass ihn nie über Nacht andauern! Nix ist fieser, als sich schlaflos im Bett zu wälzen, weil das Herz wehtut.

»Klar«, sagt Dani und Ina verschwindet.
Auf dem Weg zum Klo muss sie an Miriam und Raphael vorbei. Die beiden scheinen sich ja gefunden zu haben, denkt sie und wird fast ein bisschen neidisch.
Ina setzt sich auf den geschlossenen Klodeckel und versucht ihre Gedanken zu ordnen. Fabio ist hier und ich freue mich nicht. Es ist jetzt erst mal egal, warum nicht, darum kümmere ich mich später. Tatsache ist, dass ich jetzt nicht das ganze Wochenende mit ihm rumhängen will. Aber der weite Weg und das viele Geld … Ina ist verzweifelt!
»Ina?«
Das ist Miri.
»Ja?« Ina schließt die Tür auf.
»Hab ich doch richtig gesehen! Was ist denn los mit dir?«, fragt Miri.
»Ach …« Weiter kommt Ina nicht, denn da laufen ihr schon die Tränen über die Wangen. Miri nimmt sie in die Arme.
»Ist was mit Fabio?«
»Ja«, schluchzt Ina. »Ich … ich weiß auch nicht. Es ist so … so komisch. Ich freue mich gar nicht, es ist alles ganz anders als in Italien. Er will dauernd mit mir schmusen und ich … ich will ihn nicht mal hier haben«. Jetzt ist es raus! Ina fühlt sich total mies. »Was mach ich nur?«
»Mmmh.« Miri löst ihre Umarmung und legt sanft einen Arm um Inas Schulter.
»Da fallen mir nur deine Worte ein: Sei mal ein bisschen mutig. Sag es ihm. Wenn er weiß, dass du Zeit brauchst, lässt er dich vielleicht in Ruhe.«

Ina antwortet nicht. Sie schaut Miri an und hört auf zu weinen. »Du hast Recht«, sagt sie schließlich entschlossen. »Komm, Augen zu und durch! Aber du musst mir helfen mit dem Italienisch.«

Ina wäscht sich noch schnell das Gesicht, denn die ganze Schminke ist völlig zerlaufen. Dann gehen Ina und Miri an die Bar. Dani ist gerade damit beschäftigt, Fabio aus seiner Hand die Zukunft und die Anzahl seiner Kinder vorauszusagen.

»Dani, dürfen wir mal kurz stören?«

Dani lässt sofort Fabios Hand los. Ina atmet tief durch, nimmt Fabios Hand in ihre und sagt:

»Fabio, ich muss dir was sagen.«

Miri übersetzt.

»Als du da vorhin an der Tür standst, war ich so geschockt, dass ich mich gar nicht richtig freuen konnte. Aber jetzt freue ich mich immer noch nicht und ...«

Ina macht eine Pause. Drei Paar Augen starren sie gebannt an.

»... ja, also, jetzt gehts mir gar nicht gut. Du bist so weit gefahren und ich freue mich nicht und ich habe das Gefühl, dass du hier in meine Welt gar nicht richtig reinpasst.«

Miri übersetzt wild gestikulierend, denn so manche Formulierung ist auch für sie eine Herausforderung. Als sie fertig ist, schaut Fabio von einer zur anderen. Er drückt Inas Hand und lächelt, aber seine Augen

glänzen ein bisschen feucht. Auch Ina schießen wieder Tränen in die Augen. Dann sagt er einen langen italienischen Satz, den Miri übersetzt als er fertig ist. »Er bedankt sich, dass du ehrlich zu ihm bist. Seine Rückfahrkarte gilt auch schon morgen. Aber lieber wäre ihm, wenn sie sich trotzdem ein schönes Wochenende machen würden, schließlich war er noch nie in Deutschland.
»Okay?«, sagt Fabio.
Ina nickt und schluckt einen dicken Kloß runter. Sie fühlt sich unendlich erleichtert.

Dani ist sprachlos.

Dani ist sprachlos. Sie staunt über Miris Italienischkenntnisse, über Fabios Reaktion, vor allem aber über Inas Ehrlichkeit. Ina lässt so einen schicken Italiener sausen, weil ihre Gefühle nicht tief genug sind! Das könnte ihr nie passieren. Aber es imponiert ihr.
»Also, ich geh dann mal«, sagt Miri.
»Ja, danke, Miri«, sagt Ina und flüsternd fügt sie hinzu: »Und weiterhin viel Erfolg.«
Miri lächelt und zischt ab.
»Ciao e grazie«, ruft Fabio ihr hinterher. Dann macht er seine Reisetasche auf, kramt eine Leinentasche hervor und packt ein paar Küchensachen auf die Theke. Oliven, getrocknete Pflaumen, Parmaschinken, Spieße, Gewürze …
Mit Händen und Füßen lotst er Ina und Dani hinter die Bar, sucht die ganze Küche ab und drückt den beiden verdutzten Mädels Bretter und

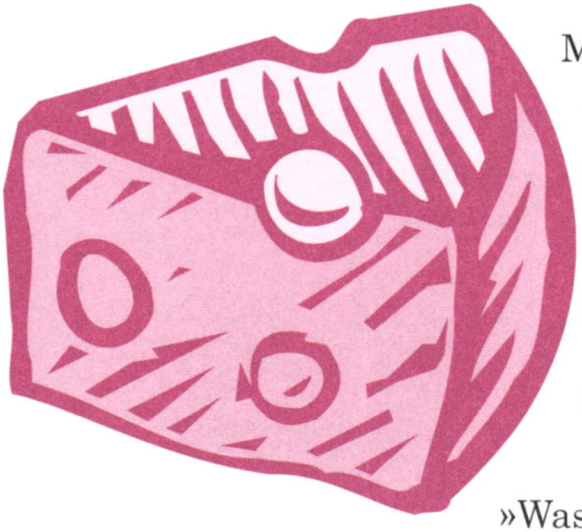

Messer und allerlei Essenssachen in die Hand.
»Hey, er will was mit uns kochen!«, ruft Dani lachend. »Na, das ist ja mal 'ne andere Partybeschäftigung als immer nur rumknutschen!«
Ina muss auch lachen. Ein riesiger Stein fällt ihr vom Herzen!

»Was war das denn jetzt? Gehts Ina nicht gut?«, fragt Raphael neugierig. Miriam schluckt. Interessiert sich Raphael etwa für Ina? Wie oft hat sie das schon erlebt? Typen, die sie für kurze Zeit wie einen guten Kumpel behandeln, nur um mehr über ihre beste Freundin herauszubekommen.
»Geht so, sie kommt mit ihrem italienischen Besuch nicht so ganz klar«, antwortet Miri knapp. »Ich hol mir noch mal schnell was zu trinken.«
»Bringst du mir auch was mit?«, ruft Raphael ihr hinterher.
Miriam nickt. Will Raphael wirklich, dass sie wiederkommt, um mit ihr was zu trinken, oder will er sie nur über Ina ausquetschen? Ach egal! Heute würde sie sich nicht wieder in ihr Schneckenhaus zurückziehen! Endlich fühlt sie sich mal ein bisschen selbstbewusst und sogar fast gut aussehend. Und Ina hat schließlich gesagt, wenn sie Raphael nur endlich zeige, wie sie wirklich sei, würde er sie sicher auch interessant finden. Miriam schöpft zwei große Gläser voll Bowle und eiert vorsichtig zurück.

TIPP

So eroberst du sein Herz:

1. Bleib so, wie du bist, auch wenn es dir in seiner Gegenwart schwer fällt!

2. Vermeide es, mit deinen Freundinnen zu kichern und zu tratschen, wenn er in der Nähe ist!

3. Verwickle ihn in ein Gespräch: Wähle ein Thema aus, das ihn brennend interessiert (mit ein bisschen Spürnase findest du das schnell heraus)!

4. Suche Kontakt zu Leuten, die er mag und schätzt (seine Freunde und seine Schwester)!

5. Sei unabhängig und selbstbewusst – du musst nicht alles megatoll finden, nur weil er es tut.

6. Schenk ihm deine Aufmerksamkeit! Wenns ihm offensichtlich schlecht geht, kannst du ihn natürlich darauf ansprechen.

7. Flirte auch mal mit anderen Jungs (seine Freunde ausgeschlossen), das kurbelt sein Interesse an.

»Wo warst du denn in den Ferien?«, fragt Raphael und nimmt Miriam ein Glas aus der Hand. Miriam starrt vielleicht einen Tick zu lange in Raphaels schöne Augen und wäre beinahe darin versunken. Es sind einfach die schönsten Augen der Welt.

»Hallo? Miri? Gehts dir gut?« Raphael wundert sich. Was ist denn plötzlich mit Miri los?

»Ja ja, sehr gut. Ich? Äh, ich war mit meinen Eltern in Griechenland. Delphi war toll und die Geschichte mit dem Orakel …«

Endlich mal jemand, der nicht nur am Strand rumhängt!

Oh, meine Güte, denkt Miri, jetzt findet er mich bestimmt stinklangweilig.

Du meine Güte, denkt Raphael, endlich jemand, der Interesse für was anderes hat.

»Das ist ja Klasse!«, ruft Raphael begeistert aus. »Endlich mal jemand, der nicht nur am Strand rumhängt!«

Miriam fühlt sich geschmeichelt. Er findet sie also nicht langweilig. Und was er alles über Delphi und das Orakel weiß! Miriam fragt Raphael ein Loch in den Bauch. So gut hat sie sich noch nie mit jemandem unterhalten. Sie kommt sich selbst ganz fremd, fast sympathisch vor, wie sie da so spricht.

»Ich dachte immer, mit dir wäre nichts anzufangen«, sagt Raphael plötzlich und grinst.

»Das dachte ich auch.«

Raphael guckt beleidigt. Miriam lacht laut auf, als sie merkt, dass

Raphael den Satz auf sich bezieht. Dabei meinte sie eigentlich sich selbst.
»Hast du Lust zu tanzen?«, fragt Raphael plötzlich.
Miriam nickt und lächelt glücklich.
Für eine ganze Weile hat Tommi die Party um sich herum komplett vergessen. Lange saß er mit Lea an der Bar und hat nur gequatscht. Der Wahnsinn! So wohl hatte er sich noch nie bei einem Mädchen gefühlt.
Er ist richtig eingetaucht in ihre Erzählungen. Niemals hätte er gedacht, dass so etwas überhaupt möglich ist. Wie sie erzählte, wie sie lachte, wie ihre Augen strahlten, wenn es spannend wurde oder wenn er einen Gag gemacht hat. Um ihn ist es völlig geschehen!
Tommi fällt auf, dass sich die Bude schon ziemlich geleert hat. Er ist superglücklich. Eigentlich wollte Lea schon viel früher wieder gehen und jetzt ist sie die Allerletzte. Wenn das nichts heißt! Es ist schon zwölf Uhr!
Nur Raphael und Miriam tanzen noch.
»Hey, Raphi, du könntest langsam mit aufräumen helfen«, ruft Tommi.
»Lass ihn doch«, sagt Lea, die ahnt, wie wichtig dieser Tanz für die beiden ist. »Ich helf dir schon. Komm, lass uns erst mal die Flaschen zusammensammeln.«
»Okay.« Tommi holt den leeren Getränkekasten und zieht aus den unglaublichsten Ecken leer getrunkene Flaschen. Unter dem Sofa, auf dem Fernseher, im Bücherregal …

Lea schmeißt die ganzen Essensreste von den Tellern in eine Abfalltüte. Sie hat überhaupt keine Lust, nach Hause zu gehen. Tommi hat seit einiger Zeit nur noch Augen für sie, und das gefällt ihr, auch wenn sie sich selber ein bisschen darüber wundert. Als sie gemeinsam an der Bar saßen und miteinander sprachen, war plötzlich kein Halten mehr. Sie haben sich Dinge erzählt, von denen Lea dachte, dass sie für immer und ewig in ihren Hirnwindungen verschwunden waren. Über die Zeit, als ihre Oma noch lebte und sie immer gemeinsam in den Alpen Urlaub machten, über ihren Einschulungstag, an dem sie den neuen Schulranzen zu Hause vergessen hatte. Und Tommi hat von seinem Bruder Raphael erzählt. Er hat zwar sehr gelästert, aber Lea konnte heraushören, dass er ihn trotz allem mag. Lea tauchte immer weiter ein in Tommis Erzählungen – tatsächlich, sie mochte ihn sehr.

»Ich muss gehen«, flüstert Miri Raphael zu, »ich komm eh schon zu spät.«

»Schade«, sagt Raphael. »Was machst du denn am Wochenende?«

»Keine Ahnung, warum?«

»Wollen wir uns sehen?«

Miri strahlt. »Gern, rufst du mich an?«

»Ja, gleich morgen. Also dann – gute Nacht!«

»Gute Nacht!«

Miri entzieht sich Raphaels Armen, dreht sich um und geht. Erst nach einer ganzen Weile hört sie die Tür hinter sich ins Schloss fallen. Es ist, als wolle ihr das Herz aus der Brust springen. Sie grinst vor sich hin, dann lacht sie einfach laut los. Ganz alleine auf der dunklen, menschenleeren Straße.

»Du kannst ruhig schon ins Bett gehen«, sagt Tommi zu Raphael. »Wir machen das schon!«

»Im Ernst?«
Aber Raphael wundert sich gar nicht lange. Zwischen seinem Bruder und Lea scheint es wohl gefunkt zu haben. Die wollen jetzt alleine sein. Langsam geht er nach oben. Gut, dass er jetzt Zeit hat, sich hinzulegen und nachzudenken. Da gibt es eine Menge zu ordnen in seinem Kopf. Das Komische ist nur, dass er ganz aufgedreht ist. Wer hätte das gedacht, dass diese Miri …? Plötzlich schießt ihm Ina durch den Kopf. Kaum zu glauben! Noch vor ein paar Stunden dachte er, ohne Ina nicht leben zu können, und jetzt denkt er nur noch an Miri. Ich werde wohl hoffentlich nicht wie Tommi enden – jede Woche ’ne andere, fragt er sich, verwirft den Gedanken aber gleich wieder. Die Liebe scheint eben nicht so geradlinig zu sein wie Mathe- oder Geschichtsbücher. Er stößt einen wohligen

Tipp SMS-FLIRT-WÖRTERBUCH

@>- .... Blumen

:-)) .... »Ich bin sehr glücklich«

-* .... Küsschen

:-* .... Kuss

0:) .... Engel

#-) .... Was für eine Nacht!

Seufzer aus und freut sich darauf, Miri gleich morgen anzurufen. Über dieser Vorfreude schläft er schließlich ein.
Als Lea unten die restlichen Oliven wegräumt, muss sie an den armen Fabio denken. Die beiden haben an dem Abend zwar noch die Kurve gekriegt und sind gut gelaunt abgezogen. Aber bevor Ina ging, hat sie Lea noch kurz erzählt, dass Fabio und sie zwar das Wochenende miteinander verbringen würden, aber sie nicht mehr glaube, dass er ihre große Liebe sei. Kapiert hatte Lea das nicht. Wie konnten Inas Gefühle nur so schnell umschlagen? Da fällt ihr auf, dass es ihr nicht viel anders geht. Schon

TIPP So wirds richtig romantisch!

1. **Termin-Check!** Wähle einen Tag aus, an dem ihr beide nichts vorhabt!
2. **Endlich allein!** Egal, ob Hündchen, kleiner Bruder oder Eltern – Störenfriede müssen draußen bleiben!
3. **Handy aus!** Ein lautes Klingeln oder das Checken von SMS sind Gift für eure romantische Zweisamkeit!
4. **Schöne Stimmung!** Mit Kerzenlicht, sanfter Musik und einer Kuscheldecke verzauberst du jeden Ort in eine Liebesoase.
5. **Lecker!** Bereitet gemeinsam einen leckeren Ich-hab-dich-lieb-Snack vor – egal, ob frische Erdbeeren mit Schlagsahne oder Eis mit Gummibärchen: Eurer Fantasie sind keine Grenzen gesetzt!

seit Stunden musste sie nicht mehr an Herrn Göttling denken. Wie wunderbar! Tommi ist das beste Anti-Göttling-Mittel, das sie hätte kriegen können. Und wer weiß, vielleicht ist das ja auch ein Anfang … Es ist schon eigenartig. Sie dachte immer, Tommi sei ein oberflächlicher Angeber, und nun, nachdem sie einen Blick hinter die Fassade werfen konnte, entpuppt er sich als richtig guter Typ. Nie hätte sie gedacht, dass sie heute schon wieder so viel lachen könnte.

Die Sonne geht bereits auf, als Lea und Tommi völlig erschöpft aufs Sofa sinken. Zufrieden klatschen sie einander in die Hände.

»Na, das sieht doch super aus«, meint Tommi.

»Ja schon«, sagt Lea zweifelnd, »trotzdem werden deine Eltern sofort merken, dass hier 'ne Party stattgefunden hat.«

Tommi guckt Lea erschrocken an. »Warum denn das?«

Lea grinst. »Weil es wahrscheinlich sauberer ist als vorher!«

Tommi knufft Lea in die Seite. Dann blickt er Lea lange an. »Danke, dass du mir geholfen hast.«

Lea hält Tommis Blick stand. Wie ein unsichtbarer Magnet zieht Tommi sie an. Sofort stellt sich ein flaues, aber sehr angenehmes Gefühl in ihrem Magen ein. Lea wird ein bisschen nervös.

»Danke, dass du mir geholfen hast, Tommi«, flüstert sie.

Um Tommi ist es nun endgültig geschehen. Jetzt oder nie!, denkt er. Zärtlich nimmt er Leas Gesicht zwischen seine Hände und küsst sie – liebevoll und lange.

Wer mit wem ... jetzt

INA
LEA
TOMMI
ist enttäuscht von
sind immer noch super Freundinnen
küsst